詭軼紀事

肆

喪鐘平安夜

記錄詭譎散軼的靈異故事之書

Div（另一種聲音）、星子、
龍雲、笭菁——著

目錄

（※本故事內容純屬虛構，如有雷同，純屬巧合。）

第一篇

聖誕 失蹤人口

Div（另一種聲音）●

前言

「你知道，在這個世界上，每年有幾個節日嗎？」

「我知道，有很多節日，中國有清明節、中元節、元宵節，外國有復活節、萬聖節、聖誕節，還有……」

「等等，暫停。」

「喔？」

「那你知道，根據統計，每年的哪一個節日，失蹤人數最多嗎？」

「咦？失蹤人數和節日哪有關係？」

「原本也以爲沒有關係，但事實上，當開始調查，才發現比例異常的驚人呢。」

「那是哪一個節日？」

「我和你說，就是天空下著雪，巷口播放著溫馨音樂，人們躲在溫暖屋子裡和家人團聚，舉起酒杯互相擁抱的那個節日……」

「聖誕節？」

「對。就是聖誕節。」

「啊？眞的假的？」

「每年世界上失蹤人口最多的一天，就是聖誕節，而且，是其他節日，整整二十倍。」

每一年，聖誕節失蹤的人，是一年其他日子的二十倍？

第一章　火車上的失蹤案

小梅，就是在三年前的聖誕節失蹤的。

對阿盛而言，小梅的失蹤就像是生命中一個永遠關不起來的盒子，不只如此，盒內還不斷發出各種呢喃低語，糾纏且困擾著阿盛。

阿盛和小梅，以及小安，三人從小一起長大，小梅失蹤的時候已經十七歲，高中二年級，絕對是已經能夠照顧自己、遇到危險知道躲避的年紀。

不過雖然一起長大，但阿盛的成績卻和小梅天差地遠，阿盛是那種萬年吊車尾，而小梅卻是師長眼中品學兼優的學生。

他們兩人卻很常走在一起，小梅總是笑阿盛的名次從後面數起來比較快，而阿盛則說小梅是標準書呆子。

不過，當有人對小梅問起阿盛，小梅的回答卻是眞心的讚賞。「他啊，其實超聰明的，就是不愛唸書，你沒看過他玩電腦、架設網站的樣子，連我都比不上喔。」

另一邊，當阿盛對其他人描述起小梅，阿盛則會揉揉鼻子，露出有點害羞的表情。「坦白說，小梅才不是一般的書呆子，小時候我跑步還跑輸她勒，她眼鏡只要一脫掉，超正的。」

不過，阿盛與小梅的默契，卻在三年前的聖誕節戛然而止，因爲小梅從此失蹤了。

阿盛永遠記得那一天，他和小梅約在月台碰面，一起搭火車回家。

阿盛早了小梅五分鐘到月台，站在人來人往的月台上，等著火車到來。

很罕見的是，向來做事俐落、受人稱讚的小梅，卻差點遲到了，她驚險的衝到月台上，要不是阿盛趕快跑來，提著小梅的行李，衝向火車，這一趟火車可能就趕不上了。

好不容易跳上火車，阿盛正要唸小梅兩句，卻發現小梅的神色好蒼白。沒有血色的蒼白。

「欸，幹嘛啦，妳昨晚沒睡覺喔？」阿盛幫小梅把行李托高，放到了行李架上。

「沒……沒有。」小梅臉色發白，雙手互握，指尖微微顫抖著。

「那妳臉色怎麼這麼糟？」阿盛回到了座位上。

「我……我最近，遇到了一些怪事。」

「怪事？」

這時，他們感覺到位置微微一震，火車開始行駛了。

「嗯，我也不確定究竟是不是我的幻想？還是眞的發生了？」小梅身體發抖著。「我常聽到，我周圍有聲音。」

「聲音？」

「是的，房間裡面明明只有我一個人，卻有一張紙，或一枝筆掉落，鏘的一聲。」

「是風吧？」

「沒有風。」小梅用力搖頭，「就算有風，也不足把筆吹落在地。」

「嗯。」

「一個人在廁所裡面，也可以聽到門外有聲音……」小梅繼續說著，眼神中充滿了恐懼。「細碎的腳步聲，在門外徘徊著。」

「嗯。」

「但當我上完廁所推開門，卻又空無一人。」

「嗯。」

「而且情況越來越嚴重。」小梅苦笑，「我走在路上，甚至可以感覺到背後有人跟著我，而當我回頭，卻又是空無一物。」

「嗯。會不會妳讀書壓力太大了？」阿盛雖然也覺得這情況很古怪，但決定先安撫一下小梅。「聖誕節我們回家，妳好好吃頓妳媽煮的飯，休息一下肯定就沒事了。」

「唸書壓力大嗎？小安也這樣說。」小梅苦笑。「他之前就聽說我功課壓力很大，還很好心的送了小禮物給我，可是……可是……」

「可是什麼？」

「可是到了昨天晚上，當我看到這個，我嚇得幾乎失眠，這也是我差點趕不上火車的原因。」小梅說到這，語氣顫抖，肯定受到了巨大的驚嚇。

「妳看到了什麼？」

「我看到了……」小梅用力吞了一口口水，彎下腰，用手抓著襪子邊緣，把襪子往下拉。

同時間，火車轟隆轟隆的穿出了地下鐵路，來到了沒有陽光、陰氣沉沉的天空之下。

而阿盛也看到了，小梅拉開襪子之後，她小腿的「那個東西」。

那是五條暗紅色的長條紋路，像藤蔓般攀爬在她小腿肚之上，阿盛基於直覺，喊出了他腦中第一個反映出的名詞。

「手印？」

是手印，像是某個人用手抓著小梅的小腿，正要往某地方拖下去。

「對，我也覺得很像，很像手印！」小梅嘴唇已經整個泛白。「昨天睡覺前，當我脫下襪子準備睡覺，看到這手印時……我嚇死了！」

「會不會是妳室友惡作劇？或是什麼的……」

「我沒有室友，更何況腳長在我身上，如果有人白天想偷偷動手腳，我一定會知道。」小梅神情極度驚恐。「我，我真的不知道這是怎麼來的。」

「如果不是惡作劇，啊，也許是妳剛好撞到什麼？撞出了瘀青？」

「不知道……」

「不要再想了，小梅，回程還很長，回到家就沒事了。」阿盛繼續安慰著，「睡一下，妳昨天應該累了。」

「嗯。」小梅揉了揉有著黑眼圈的眼睛，「確實有點睏了，那你會陪著我嗎？」

「當然會，路途還蠻長的，足夠好好睡上一覺的。」阿盛語氣溫柔。「我在妳旁邊，別擔心。」

「嗯謝謝，阿盛，不要離開我喔。」

「沒問題。」

擔心受怕一整晚的小梅，在阿盛的安撫下，慢慢吐出了一口氣，眼睛閉上，很快就傳出了熟睡的鼾聲。

而阿盛看著小梅睡著的容顏，嘆了口氣，緊接著一陣睡意襲來，阿盛也跟著睡著了。

阿盛做了一個夢，夢中是一個滿地都是白雪的夜晚，雪地上座落著不少矮小的木屋，周圍則是大片濃鬱的森林。

阿盛可以感覺到，這裡應該是一座外國小村莊，但詳細的地點與資訊，卻是模糊不清。

在這片夜晚的白雪世界中，他隱隱聽到了，聖誕節的歌聲。

悠悠的、似有似無的聖誕節歌曲，環繞在這神祕小村莊之中。

但，阿盛卻從歌曲中感到一絲古怪，這不像是一般的聖誕歌……

過往聖誕歌曲給人的印象，總是輕快、優美、給人祥和的寧靜。

如今，飄揚在夜雪空中的聖誕歌聲，有的音符被拉長，有的被壓短，更有的被扭曲，讓這首象徵美好的聖誕歌曲，多了一股怪異陰森的氣氛。

阿盛站在這片茫茫雪地中，無助的聽著古怪的聖誕歌曲，直到他意識到，歌聲正越來越近，表示唱著這首歌的人們，正在靠近……

那是一群村民，數目約爲三、四十人，他們排成一列往前走著，嘴裡唱著那古怪的聖誕歌曲，阿盛還注意到，村民之中，有一個人被高高抬著。

當村民越靠越近，阿盛同時也看清楚了那被抬著的人模樣。

那是一個女子，她坐在大木椅上，長髮凌亂，目光空洞，她腳下沒有穿鞋，但卻穿著一雙黑襪。

當他們走過阿盛面前，阿盛聽到她不斷呢喃著。

「我不要，我不要，爲什麼是我？」

「一定得是妳。」村民有人回答了。

「爲什麼？爲什麼？」

「當然是因爲，」只聽見一位村民聲音陰冷，如此回答。「聖誕節啊。」

因爲聖誕節？這句話是什麼意思，阿盛不懂，而這群村民則繼續唱著古怪的聖誕歌曲，扛著女子的木椅，走向了遠方，走向了目視不可及的白雪盡頭。

阿盛凝視著夜雪的遠方，心中的不安感徘徊不去，古怪的聖誕歌曲，悲泣的女子，沒有穿鞋只穿襪子的奇異裝扮……

而在此刻，阿盛醒了。

他眼睛倏然睜開。

驚醒之際，他急忙轉過頭，想確認一下小梅是否安好。

但，驚嚇在此刻有如冰冷大浪潑向了阿盛的頭臉，因爲他赫然發現……

空的！

小梅的座位，竟然是空的。

「小梅？」阿盛驚嚇之後，立刻切換成理性的判斷。「去上廁所了嗎？」

此時此刻，這列通往南部的火車，正轟隆轟隆的經過山洞，每進入一個山洞，窗外都是一片深邃的漆黑，然後當火車從山洞中呼嘯而出，又是一陣刺眼的光明。

小梅去上廁所，會不會太久了一點？

阿盛感到莫名的心浮氣躁，從他被怪夢驚醒到現在，已經足足過了十分鐘，廁所的位置就在這節車廂的末尾而已，上廁所的時間，理當不會這麼久啊！

「不管了，得去找找。」阿盛起身，但同時間，他的眼角餘光發現了一個異樣，小梅空空的座位下方，不知何時躺著一雙襪子。

黑色的、長筒造型的襪子。

「這是小梅的襪子。」阿盛想起不久前小梅才拉下自己的襪子，給阿盛看她腳上的手印，阿盛清楚的記得小梅襪子的樣子。

黑色的長筒襪，有點像是女子高中的標準服裝之一，但仔細看又有些不同，襪子開口處多了波浪與紋路。

阿盛當然不可能把小梅的襪子拿起來研究，這畢竟是小梅私密的物品，他眼睛瞄過一眼襪子之後，立刻穿過小梅的座椅，走到走道，並朝著廁所方向前進。

此刻，火車又進入了一個山洞，周圍光線頓時黯淡起來，阿盛踩在搖晃的地板上，很快就來到廁所前方。

而火車上廁所的門，是關上的。

「請問在裡面的是……小梅嗎？」阿盛站在門前，輕輕的喊著。

門內，沒有任何回應。

「小梅，是妳嗎？妳還好嗎？」

門內，依然沒有回應。

「小梅……」正當阿盛舉棋不定之際，一陣火車行進間的搖晃，讓他失去了重心，右手按上了廁所的門。

嘎。

門竟然被阿盛推開了一個縫細。

門原來沒鎖？所以剛剛門顯示「關閉」，只是因爲常見的門鎖故障？此刻，阿盛不禁屏息，手掌繼續施力，把廁所門完全推開。

門縫逐漸加大，而裡面的答案，讓阿盛用力倒吸了一口氣。

沒有人。

小梅不在。

「難道，她已經回位子了？」阿盛突然想到，帶著僅存的希望，急忙朝著自己座位而去。

當阿盛匆忙的走回火車的走道，此時，火車剛好經過了最後一個山洞，也是最後、最長的一條山洞。

當轟隆不斷的隧道回音與晦暗的光線閃爍之中，阿盛回到了自己的位置。

小梅，沒有回來。

座位一片空盪，沒有小梅，沒有一切物品，就像是一開始就不曾坐過人的椅子。

若不是那鵝黃色的小梅行李箱還放在行李架上，阿盛甚至以爲，這趟旅行從頭到尾都只有他一人。

所以，小梅失蹤了？

在轟隆隆的火車行進中，阿盛看著小梅的空蕩蕩座位，腦海中迴盪著那首詭異的聖誕歌，還有小梅拉下襪子時，那驚恐的眼神。

阿盛無法控制的從內心升起了一股恐怖的絕望感。

小梅到哪裡去了？高速火車上，小梅是到底到哪裡去了？

關於小梅在火車上失蹤一事，阿盛報告了站務員，也在下了車之後，正式向鐵路警察局報了案，警察進而通知了小梅的父母，引起了一波四處尋訪小梅下落的騷動。

有人說，小梅也許在某一站偷偷下車；有人說，有看見被列管的性侵犯在火車上出沒；有人說，其實小梅並沒有趕上車，鵝黃色的行李箱是阿盛自己帶的，而阿盛只是做了一個夢；也有人說，小梅這陣子精神恍惚，也許功課壓力太大，選擇了失蹤逃避現實。

結果是，阿盛被反覆約談但最終洗清了嫌疑，小梅的父母因為思念流下了悲傷的淚水，認識小梅的朋友上網替她的失蹤祈福，警察呢？則是在失蹤人口上增添了一筆紀錄。

十二月二十五日，聖誕節，失蹤人口，+1。

但，對阿盛而言，小梅的失蹤，在這三年間就像是一個關不上又不斷呢喃的盒子，在他耳邊說著。

我在哪……找到我……我在哪……可以找到我嗎？

小梅到底怎麼從高速行進的火車中消失的？如果阿盛當時不要睡著，小梅是不是就不會失蹤了？小梅最後腳上的手印，是不是與她失蹤有關？

這些問題，有如鬼魅，日日夜夜，徘徊不去。

而其中一個謎團讓阿盛事後回想，更是百思不得其解的，卻是那一雙，襪子。

因為那雙襪子竟然消失了。

阿盛絕對不會記錯，當他從廁所回來時，原本在椅子下的襪子，消失了。

完完全全，憑空消失了。

第二章 房間門後的失蹤

「『聖誕節失蹤人口調查網』？」小安看到這網站名稱時，忍不住笑了。「這就是你每天在忙的東西？阿盛？」

「嗯。」阿盛說，「你知道，在這個世界上，每年有幾個節日嗎？」

「我知道，有很多節日，中國有清明節、中元節、元宵節，外國有復活節、萬聖節、聖誕節，還有……」

「等等，暫停。」

「喔？」

「那你知道，根據統計，每年的哪一個節日，失蹤人數最多嗎？」

「咦？失蹤人數和節日哪有關係？」

「原本我也以爲沒有關係，但事實上，當我開始調查，才發現比例異常的驚人呢。」

「那是哪一個節日？」

「我和你說，就是天空下著雪，巷口播放著溫馨音樂，人們躲在溫暖屋子裡和家人團聚，舉起酒杯互相擁抱的那個節日……」

「啊？你是說，聖誕節？」

「對。就是聖誕節。」

「眞的假的？」

「每年世界上失蹤人口最多的一天，就是聖誕節，而且，是其他節日，整整二十倍。」

聽到阿盛如此說，小安先是一愣，然後大笑起來。

「哈哈，騙人的吧。」小安邊笑邊搖頭。「說不定是另外一個可能，人們因爲聖誕節想要團圓，所以打電話給遠處的家人，才發現他已經離開了原本住處，焦急之間，報了警，成了失蹤人口，會不會是這樣呢？」

「人們因爲在聖誕節特別想要找尋遠方的家人，所以才形成失蹤人口的報案，這推測很合理。」阿盛淡淡一笑，「所以，我才架設了這個網站『聖誕節失蹤人口調查網』。」

「什麼意思，聽不懂。」

「如果，你眞的是因爲找不到家人而報失蹤，過了一段時間，總會找到人吧，他們自然不會來到這個網站。」阿盛說，「會來這個網站留言的，肯定都是

『眞的有人在聖誕節失蹤』的，不是嗎？」

「這樣的邏輯，也對啦。」小安歪著頭想了一下。「那你這網站架了三年，有什麼發現嗎？」

「嚴格說起來，是架設了兩年又四個月，但你問對問題了……」阿盛說。「之所以找你來，就是因爲有了發現。」

「喔？」

「就在十二月十八日，下午14點25分，一個名叫娟的留言者，她留了一段話。」阿盛轉過身，開啓了網頁。

「什麼話？」

「給版主，我要提出我的失蹤人口，那個人是我的姐姐，我覺得又困惑又害怕，因爲我覺得，我姐姐絕對不是那種會離家出走的人啊！而且……我想問版主一個非常古怪、也許只是我想太多的事情，你們在失蹤事件中，有覺得……『襪子』很怪嗎？」

有覺得「襪子」很怪嗎？

「等等，」小安聽到這段話，頓時把目光移向了阿盛。「我記得你曾經說過……」

「對，這三年來，不斷困擾我的部分，正是那雙『襪子』！」阿盛聲音高了起來。「爲什麼小梅失蹤前要把襪子脫下來？然後，爲何襪子又會莫名的消失？」

「這是巧合吧？」小安眼神困惑。

「不，我覺得並不是。」阿盛說，「爲了求證，我又重新瀏覽了這三年來的留言，並針對其中可能眞的遭遇失蹤事件的人，提出了關於『襪子』的疑問。」

「然後呢？」

「我從六百二十二則留言中，挑了兩百四十一則留言，然後我主動寫信去詢問，失蹤現場有無『襪子』？其中有四十一則回覆了我。」

「四十一則的回覆！不少耶，他們怎麼說？」

「四十一則中，有二十二則說沒有，十七則說沒印象，而剩下的二則……」

「二則？」

「他們說，」阿盛說，「有，在失蹤現場中，他們確實看到了不尋常的『襪子』。」

連同娟，還有阿盛，加上後來的二則，這些聖誕節失蹤案中，竟然有四則和襪子有關？這會是巧合嗎？

「嗯，兩則留言，加上你和那位名爲娟的女孩，共有四個人了，說是巧合好像說不過去。」小安用手指摩擦著下巴。「那你打算怎麼辦？」

「我針對這四個人，又進行更多的聯繫，並請他們在能力所及，把當時的情節作更多的描述。」阿盛說，「畢竟，他們都留意到『襪子』這奇怪的物品。」

「是有點奇怪沒錯。」小安說。「那他們的回覆有什麼特別的嗎？」

「我有整理幾個重點，你看看喔。」阿盛說。「第一篇是娟，失蹤者是她的姐姐，以下是她描述的內容……」

我的名字叫做娟，我姐姐失蹤的時間是一年前的聖誕節下午。

我和姐姐平常租房子住在一起，在聖誕節前幾天，我可以感覺到她情緒有點浮躁，但我明白她浮躁的原因。

她準備在這個聖誕節之後，和交往了兩年的男友提出分手，因爲姐姐移情別戀了，她喜歡上了校隊的籃球隊長，所以這個聖誕節，會是姐姐和這男友最後一次情人聚餐。

而姐姐之所以焦躁，則是知道這男友平常看來雖然老實，但其實對感情很固執，就怕他做出傻事。

而就在姐姐準備向男友攤牌之際，她收到了男友寄來的禮物，那是一雙手套與一雙襪子。

看到這禮物，我覺得有點好笑，送手套可以理解，哪有人送襪子的？

姐姐男友的卡片是這樣寫的：「聖誕節，會讓人想起聖誕老公公送禮物的襪子，所以送妳一雙，勿忘我。」

我建議姐姐，「如果感情要分了，這些東西都扔了吧？或是乾脆別拆封，分手後再寄還給他？」

「別傻了。」姐姐拆開了襪子的包裝，用手摸了摸材料。「這質料好舒服，不知道是什麼材料，一定是很好穿的襪子，不穿白不穿，現在又還沒分手，當然要穿啊。」

我嘆氣，這就是姐姐，她那貪小便宜、見異思遷的個性，正如她這幾年的感情道路，男友總是一個換過一個，像這樣腳踏兩條船已經不是第一次。

而第二晚，姐姐把襪子洗過曬乾之後，就穿了起來。

然後，再來的幾個晚上，我開始發現姐姐有點不對勁，她說她開始聽到一些聲音，像是一群小孩子跑跳時的笑聲，或是當她獨處時，她會感覺有影子從她背後忽然飄過，而一回頭，卻什麼都沒有……

我覺得有點可怕，但也覺得這會不會是姐姐最近的情緒壓力造成，只是現在回想起來，也許要更加注意這些訊息才對。

眞正出事，則是在聖誕節的那一天，姐姐出門要和男友度過最後一個聖誕節，當時，男友訂了昂貴的餐廳，而姐姐化妝完畢後，準備出門。

我注意到，出門時，姐姐剛好穿著那雙襪子。

而奇怪的事情，就發生在姐姐離開了家、關上門的瞬間。

突然，我聽到了門外傳來一聲尖叫。

啊！

那是很短、很急促的尖叫，但不知道爲什麼，我一聽到這尖叫，全身卻起了雞皮疙瘩。

而且，直覺告訴我，那是姐姐的尖叫，而且是攸關生死的尖叫。

於是，我急起身，拉開門把，看向門外。

門外，空蕩蕩，沒有人。

我有點疑惑，門外沒有人！所以剛剛的尖叫聲是什麼？抑或，尖叫聲僅是我的錯覺？但另外一個疑點是，姐姐呢？她是怎麼用這麼快的速度離開這裡？

內心無法控制的湧起陣陣不安，直到，我發現了地上有了異狀。

那是一雙黑色、躺在地上的襪子！我蹲下身子，用手輕觸，我認得這觸感，比綿還要柔軟，比紗還要細膩，這是會讓人一穿就愛上的質感。

這是姐姐的襪子。

「爲什麼，姐姐出門後，會在這個地方把襪子脫掉？」我蹲著抱住頭，滿心困惑，但當我抬起頭，我更赫然發現，我們居住的木門上多了某個奇怪的痕跡。

這痕跡共有五條，高度約莫半個人高，要不是我蹲著，我肯定會忽略它，每條痕跡長度約莫三十公分，五條的深淺不一，最右邊一條特別粗短，中間一條最長，而最後一條則淡到幾乎看不到。

看著這五條痕跡，下意識的，我看了自己的右手。

右邊粗短，大拇指？中間最長，中指？最後一條淡到幾乎不可見，是小拇指？所以這痕跡，是手指的抓痕嗎？

而且不只如此，當我伸出手，試圖和門上的印記做比對，我發現了痕跡中卡了一個東西，白白的、薄薄的，當我取下它，我感到一陣從腳底升上來直竄腦門的戰慄。

那是指甲，小拇指的指甲，它硬被折斷，卡在門上。

這一剎那，我腦中浮現了一幕景象，某個人站在門邊，突然一股力量抓住她猛力往後拖，拖到她撲倒在地上，她伸手抓不到任何東西，只能用五指指甲摳住門，但那詭異的力量太強，她只能留下一聲驚悚卻細微的尖叫，然後小拇指的指甲卡的一聲折斷。

最後，就這樣被拖走了。

那個人，會不會，就是……

我不敢再想，只能匆匆拿起電話，打給姐姐。

姐姐沒有接電話，我只好轉打給姐姐正要赴約的男友。

而那個男友，聽到我在找姐姐，他的反應也是很奇怪，他先是沉默了快五秒鐘，然後突然在電話那頭笑了。

那笑聲有點古怪，聽起來竟然有點像是哭。

「她和我想的一樣啊。」姐姐男友聲音古怪，像笑又像哭。「她果然會穿那雙襪子。」

「會穿那雙襪子？你是什麼意思？喂！你是什麼意思!?」我內心湧現一股恐

懼感。「我姐在哪？快說！我姐在哪!?」

「我不知道，我怎麼會知道……」姐姐男友的語氣，眞的很古怪。「我不知道啊！老師沒有說啊……」

後來，我也沒有辦法繼續追究下去，更沒有任何證據證明這一切和她的男友有關，因爲姐姐離開了我們住的地方之後，確實沒有去找那位男友。

而且詭異的是，從此之後，就再也沒有人知道我姐去哪了！她打開門，離開了家，從此人間蒸發，留下了她所有的衣物、生活用品，沒有一件帶走，憑空的消失了。

只有我，日日夜夜擔心受怕，聽到門外有任何聲響，都會忍不住打開門瞧一瞧，以爲姐姐回家了。

但，沒有，門外永遠是空蕩蕩的一片。

對了，你問我那雙襪子在哪？很抱歉，襪子不見了。我也不知道襪子怎麼消失的，好像在我打電話給姐姐男友時，一個不注意，它就從地上不見了。

但我知道這一切一定和襪子有關，一定和姐姐的男友有關，因爲襪子是他送的，而他最後又哭又笑的語氣，肯定知道些什麼……

「這是娟的故事？」小安聽完阿盛所整理的娟姐姐失蹤的故事，沉默了幾分鐘，才又開口。「你覺得和小梅失蹤有相同的線索？」

「對，相同的線索，就是襪子。」

「太荒謬了。」小安露出不可置信的笑容。「我寧可相信小梅是突然想離開這一切，去外面散散心，過了幾年就會回來。」

「小安，你瞭解小梅，小梅不是這樣的人。」

「我當然瞭解，我們三個是一塊長大的啊。」小安嘆了口氣，「小梅很可愛、很聰明，而且……」

「而且什麼？」

「沒事。」小安搖頭。「你說除了娟，還有兩則失蹤人口與襪子故事，他們的故事你有整理嗎？是怎麼樣呢？」

第三章　貓眼睛與狐狸眼睛的失蹤

「第二則，留言者是一個名叫阿邵的男孩，他說消失的是隔壁鄰居。」

「隔壁鄰居？」

「對，就這樣消失了。」阿盛說，「而且剛好的是……聖誕節與襪子。」

「快說啦，有點毛毛的勒。」

我的名字叫做阿邵，我今年二十四歲，大學畢業三年，正在適應職場生活，我無意間發現了這個網站，覺得很有趣，逛了一下之後，才發現竟然與我的記憶點不謀而合。

失蹤的人不是我的親人，所以很多細節我並不清楚，我也不知道警察後來是否有新的進度，但我卻親眼看見那個人從我身旁失蹤，因爲如此，就算現在已經六年了，我還常在深夜驚醒，以爲那人終於找到了路，要從幽冥世界中歸來。

我住在一間老舊的公寓大樓裡，大樓有十五層，每層各四戶，四戶共用一部電梯，因爲老舊，所以租戶多是像我一樣的窮學生，或是像我的鄰居一樣孤僻的人。

我的鄰居，年紀約莫六十幾歲，獨居，右腳行動不便。

除了我以外，他幾乎不和周圍的鄰居說話，平常獨來獨往，他爲什麼特別會和我說話呢？並不是我和他有什麼緣分，而是因爲他需要有個人幫忙他跑腿。

鄰居雖然右腳不方便，但還是可以上下樓，但他顯然不愛出門，當他發現只要用一點錢，就可以叫得動我這個窮學生之後，他就經常用一點零錢來使喚我，比如說：他想吃麵，我跑腿，我可以買兩碗，一碗給他，一碗則給我自己。

只是我還是覺得他很小氣，因爲如果我還想喝飲料，得自己出錢。

他也不太讓我看到他家裡的擺設，雖然我曾經偷偷瞄過幾眼，看似樸實簡陋，但我卻留意到了他有一個玻璃櫃，櫃子邊又上鎖，裡面是一些長得像是歷史課本上才有的昂貴瓷器。

所以我覺得，他可能很有錢，至於他爲何明明這麼有錢，卻躲在這麼破舊的公寓？我覺得這是他的怪癖。

不過，就當我以爲他會像一塊朽木一樣老死在公寓裡的時候，有天，他竟然有了訪客。

這訪客是女孩，年紀和我差不多，也許再稍大一點，穿著很樸素，但我最肯定的是，這是一個美女。

長長的頭髮，被藏在樸實衣物下窈窕的身材，還有謙和溫柔的態度，我想說，挖賽！隔壁的老頭也太幸運了，怎麼會有這樣的訪客呢？我也想要有一個。

這女孩經常來拜訪老頭，因爲公寓太老舊，有時候我會聽到隔壁隱約的聲音，聽起來這女孩叫老頭表舅，他們家族不知道發生了什麼事，已經幾乎凋零，女孩長大後得知自己有一個表舅，費了九牛二虎之力，找到表舅，想要好好的照顧表舅。

這故事聽起來有點扯，但如果你看過那女孩溫柔可人的樣子，就會想要相信她，至少我是這樣，我千方百計想要和女孩要到電話，但她總是用很可愛、我無法抗拒的態度拒絕了我。

當然，老頭自從有了這個女孩，就不用我再幫忙跑腿了，我的伙食費因此激增，雖然有點遺憾，但每天都可以看到可愛的女孩，還有她陽光的笑容，我覺得還挺划算，就只差拿到她的電話和約她出去好好喝杯咖啡了。

偶爾，女孩還是會主動找我說話的，不過說話的內容都是和老頭有關，她可能眞的很想對老頭盡點孝心，一直問我老頭喜歡吃什麼？欠缺什麼？有什麼癖好之類的？

而我其實對老頭也不頂熟，但就因爲和美女說話挺開心的，我就什麼都說了，我說老頭的腳不太好，常常莫名其妙的痛，一痛起來脾氣就很差，有時候說好給的跑腿費還會打折，眞是討厭。

這時候，我聽到美女溫柔的笑了。「原來表舅的腳不舒服，我倒有個好辦法，我知道哪裡買得到很好穿的襪子。」

「襪子？」

「對，材質很特殊。」美女的聲音眞是好聽，我聽到都忘神了。「絕對會讓表舅的腳血液循環變好，舒服許多。」

「那很好，其實我的腳最近也有點不舒服，妳可以順便送我一雙……」

「好啦，謝謝你啦，小哥。」美女瞇起眼，露出如貓咪撒嬌的笑容。「我知道囉，我先走囉。」

看著她那瞇眼貓咪的笑，我看得是內心小鹿亂撞，頓時忘記繼續凹她送我一雙襪子，只見她哼著歌，甩著她可愛的粉紅色小包包，留下美麗的背影離開了。

幾天後，我偶然遇到老頭出門，他果然穿上了新的襪子，我記得是黑色的，其他我沒什麼印象，但老頭走起路來，確實比以前看起來穩一些，那時我們一起進了電梯，原本我想打聽一下他外甥女的事情。

卻沒想到，先開口的是老頭。

「你聽到了嗎？」

「欸，啥？」

「有聲音。」

「什麼聲音，我講話？還是你講話的聲音？」

「都不是。」老頭的眼神渙散，感覺精神挺衰弱的。「是歌聲，是聖誕歌曲。」

「哈，對啊，今天晚上就是聖誕夜了啊，當然隨處都可以聽到聖誕歌啊，你也喜歡聖誕節？」我說。「看不出來啊，你這把年紀了……」

「不是，這不是聖誕歌，哪有人聖誕歌這樣唱的，唱得這麼稀奇古怪，這麼鬼鬼祟祟。」

什麼稀奇古怪？什麼鬼鬼祟祟？這老頭口齒不清加精神錯亂了嗎？

「欸……」

「不是，是襪子。」老頭抓住我的手，「你得幫幫我，我要脫下這雙襪子，你要多少錢，我都可以……」

「什麼聖誕歌？什麼襪子？瘋了嗎？」我和老頭身在狹小的電梯裡，看著他舉止瘋狂，也有點害怕了。

「我得脫下，我得脫……」

老頭的聲音，戛然而止，而停止的原因，則是因爲電梯門開了。

門外，正是那個外型姣好可愛、眼神溫柔迷人，而且還穿著一身符合聖誕氣氛紅色的女孩。

「舅舅，你怎麼自己出門了呢？不是說好今晚要一起過聖誕節嗎？」女孩雙手各提著一包食物，「對不對啊？」

「我……」老頭身體縮了一下。

「欸……」我想說話，但女孩的眼神看向了我。

「隔壁的哥哥，很抱歉，你先出門吧，我會帶我舅舅回家。」女孩的眼神還是這麼可愛，好像貓咪，天啊，爲什麼我始終要不到她的電話。「謝謝你喔。」

「好，好，那我出門了。」我抓了抓頭髮，步出了電梯。

而這一秒鐘，不知道是不是我的錯覺，我感覺到老頭原本抓著我的手，用力了幾分，似乎想留我下來，但我還是走了出去。

當我走出來，女孩甜甜一笑，換她走了進去。

「掰囉，哥哥。」女孩笑著。

「嗯，掰。」電梯門正在慢慢關上，而我則轉頭，目送他們上樓。

我看著逐漸關上的電梯門，當電梯門已經關到不到五公分，也就是半張臉寬度的時候，我卻莫名的打了一個寒顫。

眞的是一股從腳底突然往上竄升的寒顫。

我不知道爲什麼？不，也許我知道爲什麼，因爲我從那五公分的電梯縫隙中，再次與那可愛女孩的眼神，對上了。

我感覺到她的眼神在笑。

這一次，不是貓咪撒嬌的那種笑，而是陰冷、濕黏、帶著惡意的冷笑，那是狐狸的笑。

我打了寒顫，電梯鏘的一聲關上，再次開始緩緩往上。

事實上，這就是我看到隔壁老頭的最後一面。

我與老頭最後的互動，是晚上我回到家，正打開了啤酒，電腦播放著色情片，準備一個人度過聖誕時，所聽到的聲音。

從隔音極差的牆壁那頭，我好像聽到了老頭口中的那首聖誕歌，說是聖誕歌，但一點都不神聖寧靜，怪腔怪調像是死人出殯時的喪魂曲，我聽得渾身不舒服，忍不住起身去隔壁敲門，叫他們別放這麼吵的音樂了。

於是，我來到隔壁，用力按了兩下電鈴。

門打開，是那個可愛的女生。

「欸，妳知道這間公寓的隔音很差嗎？你們那難聽得要命的聖誕歌，可以放小聲一點嗎？」

「是嗎？你聽到了啊。」女孩甜笑。

而我則注意到她手上提著一隻黑色的東西，那是襪子。

然後，襪子裡面，好像動了一下。

「咦，襪子裡面裝了什麼？怎麼好像在動？」

「沒什麼啊。」女孩又甜笑，以前我很愛她像貓咪的微笑，但不知道爲何，她的笑又讓我想起了下午時那陰惻惻的狐狸笑容，我感到發毛。「不然，你來和我們同歡？」

「同歡？」

「對啊。」女孩笑著。「你不是一直想要我的電話嗎？」

「欸。」我感到背脊越來越冷，一種可能會死的直覺告訴我，一定得拒絕。

「不了，我喜歡……喜歡一個人過聖誕。」

「是喔，眞可惜呢。」女孩嘆了口氣，「那我們會注意音量的，畢竟，你聽到了，表示你也離得有點近了呢，眞不進來坐坐？」

「嗯，不了不了。」我退了幾步，這刹那，我看見襪子又動了一下，「我回家囉。」

「掰囉。」我跑回去的時候，甚至可以感覺到那女孩的視線，一直跟著我的背影，直到我跑入房門內。

從此之後，我就再也沒有看過老頭了。

他沒有搬家，我確定，因爲他擺在門外的鞋子、枴杖，還有一些雜物，都沒有移動，只是卻開始不斷積著灰塵。

中間女孩回來過兩次，帶了一個包包，裝了些東西，就離開了。

而我開始做惡夢，夢見那首聖誕歌，夢見在動的襪子，夢見電梯裡的老頭；而一年後，我也搬走了，我像逃走一般，找到便宜的房子，就趕快閃了。

直到今天，我上了網，發現了你架的網站，更看到你問的問題，我才覺得應該把這故事講出來。

那老頭失蹤了，就在聖誕節，而襪子，就是關鍵。

沒錯，就是這樣。

「所以，這個叫做阿邵的人，」小安歪著頭，「隔壁的鄰居失蹤了？」

「對啊，在聖誕節失蹤了，而且和襪子有關，完全符合我們當初的預想。」

「我覺得阿邵的故事，可能是編的。」小安說。

「咦？」

「編的機率很高。」小安說，「你看看，都什麼時代了，怎麼還有有錢老頭與年輕人？還有笑起來像貓咪其實是狐狸的年輕女孩？怎麼聽都像是編造的劇情。」

「說是編的，但還有一個部分與我的記憶很接近。」阿盛說，「那就是古怪的聖誕歌。」

「古怪的聖誕歌？」

「對，在和小梅一起搭火車的路上，我做了一個夢，夢見歐洲深山的村莊裡，村民抬著一個女子，也是唱著這首歌。」

「所以你聽過這聖誕歌？」

「而且那女子看起來很害怕，對了，那女子沒有穿鞋，卻穿著襪子。」阿盛說，「很奇怪吧？」

「……」小安看著阿盛，慢慢吐了一口氣，「眞是一個怪夢。」

「當然。」

「那下一個失蹤的人呢？」

「下一個告訴我故事的人，也就是第三則故事的人……」阿盛說。「他沒有告訴我關於失蹤的故事。」

「啊？」小安睜大眼，「那你還相信他？」

「是的，我相信他，不只如此，他的留言，更是我找你來一起討論的原因，小安。」阿盛說。

「欸？」

「因爲那個人希望和我親自碰面，而我希望你陪我一起去。」

「親自碰面？」小安眉頭皺起。「到底是什麼意思？」

「對，」阿盛注視著自己的腳，還有腳上自己的藍色襪子。「因爲，他說，失蹤者的襪子，他還留著。」

第四章　隔壁床的失蹤

他們約在天橋下的咖啡館，下午三點半。

阿盛和小安兩人提前到了，他們各自點了一杯咖啡，阿盛點的是無糖黑咖啡，而小安點的是拿鐵。

他們兩個顯得有些不安侷促與緊張，畢竟找了這些故事，第一次要與失蹤者的朋友眞實見面。

「你害怕一個人，所以才找我來的？」小安問阿盛。

「是的。」阿盛喝著黑咖啡，忽然，眼前出現了一個人影。

「妳就是？」小安正要說話，阿盛卻開口阻止了。

「不，她不是。」

「什麼意思？」小安轉頭看向阿盛。

「她也是另外失蹤者相關人物，但她不是今天帶襪子的人。」阿盛說，「是我通知她過來的。」

「嗯。」那女孩的年紀不大，約莫二十幾歲，乍看之下平凡，但其實五官很清秀，是非常耐看的女孩，只是這女孩的眉宇之間有份憔悴，似乎是經歷過某些悲傷的事且無法走開。「是的，我是娟。」

「娟……」小安瞬間明白。「妳就是寫姐姐失蹤的那個女孩？」

「嗯，我收到阿盛的訊息後，想了兩天，我想知道我姊姊失蹤的祕密。」娟咬著下唇。「聽說『襪子』可能出現，所以我也決定過來。」

「嗯。」

「那阿邵呢？他也會過來嗎？」娟突然問道。

「阿邵嗎？要看他……」阿盛正要說話，忽然，隔壁桌的客人舉起了手，低低的說了聲嗨。

眾人先嚇了一跳，仔細看去，這人戴著鴨舌帽，穿著寬大的T-shirt，T-shirt黃黃舊舊的，看到他的樣子，真的可以聯想他故事中的樣子。

「我就是阿邵。」那男子的表情都藏在鴨舌帽下。「我早就來了。」

「我以為你不會來。」娟坐了下來，和小安與阿盛坐在一起。

「是考慮很久啦，我真的很怕再見到那女孩啊，而且我也不想念老頭。不過，總覺得這件事如果不解決，可能在心裡會成為一個討厭的影子。」阿邵嘆氣。「如果能親眼看看那雙襪子，也許有機會解決。」

「這樣的話，那我自我介紹一下，我是阿盛。」阿盛說。「我所失蹤的人是我的青梅竹馬好友，小梅，失蹤地點是火車。」

「我也再介紹一次自己，我是娟。」娟笑起來很溫柔。「失蹤的是我姊姊，她在我們同住的宿舍門口失蹤。」

「我是阿邵。」阿邵說。「我失蹤的是隔壁的有錢老頭。」

「我是小安。」小安抓了抓頭。「我是阿盛的朋友。」

「人都到齊了，阿盛，你說今天會有人來和我們說他的故事，而且，會帶襪子來？」

「對，他是這樣說的沒錯。」阿盛沉吟了一下，「他在網路上的暱稱是『老師』，他說，他會帶來自己的故事，以及當時留下的……襪子！」

四個人，就這樣安靜的等待著，直到準時四點時，咖啡館的門傳來清脆的叮咚聲，一個男人推開門，走了進來。

阿盛抬起頭，這一剎那，他幾乎可以肯定，這人就是「老師」。

這人年紀約莫五十上下，身上的衣服頗有質感，臉上五官一眼望去很端正，但眼睛一移開卻完全記不清楚長相，他眼睛與阿盛對上，眼角微微上揚，似乎已經明白他要找的人是誰。

只見他先到櫃檯點了飲料，然後來到了阿盛他們面前。

「老師？」阿盛起身。

「嗯，我是。」

「那……」

「請坐，別客氣。」老師坐下，看了一眼前方的年輕人們，連躲在隔壁桌戴著鴨舌帽的阿邵都沒漏掉。「你們四個，不介紹一下？」

「我是阿盛。」阿盛說，「這是娟，小安，隔壁桌的是阿邵。」

「嗯，都是失蹤者的相關人嗎？」老師翹起了腿，臉上微笑。

「是。」娟急著說，「我們聽說您帶來了『襪子』，所以阿盛一通知我們，我們就都來了。」

老師一笑，拍了拍手上的小型公事包，「是的，我帶來了，不過……在給你們看之前，不妨先聽聽我的故事？」

「呃……」阿盛和娟等人互望了一眼，同時點頭。「當然，當然好。」

「嗯，那就讓我來說一說我的故事了。」這時，咖啡剛好送上來，老師點的咖啡是這家咖啡店中數一數二的昂貴咖啡，其香氣之濃烈，讓所有人都感到一陣目眩神迷。

「請……」

「失蹤的那個人，是我的好朋友，又或者說，曾經是我的好朋友。」老師嘆了一口氣。「和我一樣喜歡古老、神祕、離奇、怪異文化的一個朋友。」

「嗯。」

「那一年，我們因爲聽到了一個源自歐洲的古老傳說，我們還買了機票，親自動身前往。」老師說到這，微微嘆了一口氣。「而失蹤事件，也就是從那時候開始發生的啊。」

那一年，我三十出頭歲，學歷頂尖，能力優秀，正是天不怕地不怕的年紀，有著天下英雄出我輩的豪氣。

而我因爲喜歡古老且神祕的文化，所以經常造訪國家級圖書館，在圖書館深處找尋那些罕爲人知、已經絕版多年的書籍，搜索那些曾經被記錄又已經失傳的文化片段。

其中，我發現了一本六十幾年前出版的讀物，這是一本翻譯作品，而翻譯的內容來自百年前歐洲的古怪傳說。

雖然我不明白六十幾年前的出版社，到底是懷著什麼樣的心情去出版一本如此冷門、乏人問津的書，但它畢竟被出版了，裡面有一篇文章在描述著關於「聖誕節」的來歷。

聖誕節，故名思義，是聖人耶穌誕生的日子，這一天會有聖誕老公公騎著麋鹿在月光下四處贈送禮物，小孩們會在白雪皚皚的窗邊，掛上自己的襪子，滿心期待的進入夢鄉，然後第二天，襪子總是因爲塞了聖誕老公公的禮物而鼓起。

但有趣的是，「聖誕節」的由來沒有爭議，但「聖誕老公公」的由來就有點眾說紛紜，主要的傳說是某位心地慈祥的主教，爲了幫助貧窮的少女，偷偷從窗戶丟入金子，而金子恰巧落在壁櫥旁的長襪內，後人將這樣的善行美化成聖誕老公公的傳說。

於是聖誕老公公的傳說在不斷流轉中，化成在聖誕節放襪子、塞禮物的習俗，這習俗也慢慢變成全世界每個小孩的回憶。

但我所發現的這一則古老紀錄，卻不是這樣寫的。

紀錄上寫著，在某一座古老的歐洲小鎮，聖誕節會出沒的，除了聖誕老公公之外，還有另外一個族群，那就是小矮人。

小矮人，並不是我們看過什麼藍色小精靈那種可愛的模樣，也不是被卡通彼得潘美化過、長著翅膀、發著光芒、充滿人性的精靈。

古老的歐洲小矮人，其實是很可怕的。

他們在黑暗中快速移動，他們會發出尖細的訕笑聲，他們穿著顏色不同的衣服，尤其喜歡惡作劇。

而這份紀錄中更說著這些小矮人不只惡作劇而已，他們甚至會殺人，有的記載甚至說小矮人會吃人。

那些小矮人出現的時間，竟然與聖誕老公公相同，就是聖誕節。

那座小鎮位在歐洲的山區，書上還詳細的標明了小鎮的位置與名字，讓人不得不信。

對於這份資料，我眞的很有興趣，因爲這種藏書太過古老無法外借，於是我將書放回，打算第二天再來研究。

只是令我訝異的是，當我第二天到圖書館，發現它竟然不在架上！這本書既然不能外借，那勢必被圖書館的某個人拿走，而且正在館內閱讀。

吃驚之後我開始感到好奇，這樣的書如此冷門，竟然在同時間還有第二個人對它有興趣，我決定走出藏書區，開始在閱覽室繞行，尋找我的同好。

而他，確實如我所推測的，就坐在藏書區。他年紀和我相仿，頭髮亂了點，但一雙專注的眼神令我印象深刻。

我和他打了招呼，更互相介紹了彼此，我也才知道他的名字叫做萬乘。因爲對同樣的東西感到興趣，所以我們很快就聊了起來，原來他來自鄉下，曾經夢想過拍電影，但後來發現拍電影的兩大要素：「財富」和「才能」他都沒有，於是黯然退出，不再想要以電影爲生，而是純粹的電影愛好者。

而他最大的樂趣，就是研究古老文化，尤其是那些神祕的、失傳的，甚至是被經歷無數歷史宗教改革後、被刻意埋藏或封印的特殊文化。

食人族、酷刑、巫毒祭典、西藏祕宗、矮靈等等……他都有所涉獵。

我和他可以說是一拍即合，而最後，我們談到了這本書所記載的這個章節，〈歐洲小鎮的神祕聖誕節〉。

「雖然這文化的影響並不龐大，甚至可以說是一個地方性的特殊文化。」他說，「不過很有趣，聖誕節晚上，除了聖誕老公公以外，還有什麼特殊的生物會跑出來？」

「每種傳說中的生物，都代表的是該地的文化風情，包括地理環境、氣候變遷、人民的血統傳承，像是雪人是雪地民族的傳說、矮靈來自台灣山區等，搞不好眞有小矮人存在喔。」我說。

「小矮人在東西方童話故事不少見啊，安徒生的拇指姑娘、日本的一葉法師、中國南軻一夢中的矮人國等等……都有說到矮人這件事。」萬乘果然對這方面也很有研究，一下子就舉出很多例子。

「雖說矮人傳說很多，但和聖誕節連結在一起的小矮人倒是不多。」我說。「另外，被埋藏在古老的書籍中，但位置座標標得這麼清楚的，更是少見。」

「嗯，是啊。」萬乘摩擦著手，似乎在想著什麼令他心動不已的事。「如果說，我們將來一輩子都會研究這些玄幻學問，把小矮人和聖誕節連結在一起，也不失是一個好的起點。」

「對啊，是一個好的起點。」我也受到相同雀躍的情緒，「只是歐洲眞的有點遠……但交通的錢我倒是出得起。」

「嗯，錢眞的是一個必須考量的事，但如果我帶一台攝影機，眞的拍到一些有趣的事，說不定可以成爲我拍電影，寫成劇本，甚至轉賣給其他編劇的好點子。」萬乘也說。

「聽起來，眞是不錯。」

「對，聽起來，真是不錯。」

這一秒鐘，我倆對望，我們在對方眼中找到了一模一樣的答案。

「那，我們出發吧！」

「沒錯，我們去一趟這個歐洲小鎮吧！」我們同時說，「就在聖誕節這一天！」

當故事說到這裡，「老師」微微停頓，在阿盛等人焦急的眼神中，他嘆了一口氣，喝了一口咖啡。

故事又繼續下去。

那是一個位在歐洲偏僻的小鎮，我們坐飛機抵達之後，又搭乘了巴士，總共花了十六小時才抵達。

等到下車時，巴士已經剩下我和萬乘兩人，巴士司機一等我們下車，立刻踩下油門，開車就走。

而我們步行在這小鎮，有一種說不上來的古怪感覺，可能是因爲此刻正是聖誕節，所以這一路歐洲的轉車，都可以讓人感覺到濃濃的聖誕氣氛，聖誕節是歐美人的長假，就如同東方的除夕，光站在街道上，就可以感覺到聖誕氣氛從四面八方如浪潮般湧來。

但，這座小鎮卻完全不是這幅光景。

這座小鎮的聖誕夜，卻是漆黑肅穆宛如鬼城。

我和萬乘找到了當初就預約好的一家小旅館，也是當地唯一一家旅館。旅館老闆有一個很大的鼻子，像老鷹般往下勾，雖然總是笑臉迎人，卻給我一種陰森的觀感。

他帶我們到旅館三樓的房間，這時，我們趁機向老闆問起了小矮人的事。

只見老闆神情閃過一絲古怪，「你們來這裡，是想探究小矮人的祕密？」

「是啊。」我和萬乘同時點頭。

「小矮人，可是很危險的喔。」他眼睛透著精光，直直的看著我們。「想要看到小矮人，可是要付出代價的。」

「什麼代價？」

只見他臉上帶著詭異笑容，答非所問的說，「聖誕夜的小矮人，喜歡唱聖誕歌，但若是聽到歌聲，可別隨便出門，嘻嘻。」

我想繼續追問，發現老闆已經退到了門後，而他又用他腔調古怪的英文講了一句話，我聽不懂，像是方言，也像是咒語。

當老闆離開，只剩下我和萬乘只能無奈的留在房內，整理自己的行李，但也在此刻，萬乘像是發現了什麼，開始拿起攝影機拍攝。

「你在拍什麼？」

「這房間的主要裝飾很有趣，」萬乘手拿著攝影機，語氣興奮，「你看，是襪子，這房間四處充滿著以襪子做成的裝飾。」

對耶，經萬乘這麼一說，這房間到處都掛著襪子，牆壁上、天花板的角落、床角處，甚至浴室裡面，都掛著襪子做成的裝飾品。

這些襪子都是黑色的，只是上面會綁著一些彩色的絲帶，綴著鈴鐺，有的則畫著小矮人的圖樣。

這些將近百雙的襪子裝飾很有歐洲安徒生的風格，稱得上是美麗的藝術品，但置身在這麼多襪子的歐洲老房子內，卻給我一種置身於奇幻空間的戰慄感。

我看了一會兒襪子，感到有些不舒服，便去弄了兩杯飯店的咖啡，一杯給萬乘，一杯給自己。

喝完咖啡後，奇怪的是我的精神並沒有更好，反而更愛睏了，我想可能是一路搭乘各種交通工具來到此地，是有些時差與疲倦。

打完哈欠之後，我就昏昏沉沉的睡著了。我睡得迷迷糊糊，不知道自己睡了多久，直到，我聽到了窗外傳來了奇怪的歌聲。

這歌聲真的古怪，乍聽之下有點像是我們熟知的聖誕歌曲，但再仔細聽去，許多音節都被扭曲和拉長，與其說是祝福眾生的歌曲，不如說是一首讓人毛骨悚然的喪曲。

我想起旅館老闆所說，急忙要叫醒我的伙伴萬乘，但奇怪的事情發生了。

我轉頭，竟然發現他的床是空的。

「萬乘？」我吃了一驚，急尋他的身影，卻發現他真的消失了。

而且他不只消失而已，他的床還弄得相當凌亂！不，那已經不能用凌亂來形容了，我甚至看到棉被上被抓破的痕跡！

彷彿有什麼垂死的動物在這張床上撕咬掙扎過，但最後終究沒有敵過牠的獵人，最後消失無蹤。

而當我帶著恐懼遲疑的心情，抖開糾纏在一起的棉被，掉出了兩個讓我訝異的東西，一是萬乘向來隨身攜帶的V8，另外則是一雙襪子。

這旅途對萬乘而言，是他重拾電影夢的起點，而這台Ｖ８則是他最佳的伙伴，他怎麼可能把Ｖ８扔在床邊然後就跑出去？

我感到困惑，放下Ｖ８之後，我又把襪子拿起來左右看了一會兒，原本以爲這是萬乘脫下的襪子，但仔細看去卻不太相同，雖然我沒有觀察他人襪子的習慣，但我對自己對細節的記憶力有自信，尤其這襪子材質特殊，絕不會是萬乘穿來的襪子。

這時窗外的歌聲又悠悠傳來，我來到窗邊看去，我發現了歌聲來源，那是一群人拿著火把，全身罩著黑袍，他們嘴裡唱著那首令人不舒服的聖誕歌，一起朝著某地而去。

我隱隱覺得，萬乘的失蹤肯定與他們有關，於是我穿好鞋子，朝著樓下跑去。

但我一跑到旅館外，人群卻已經散去，我就這樣一個人站在冷到骨子裡的歐洲小鎮街道上，手裡抓著襪子，無助的四處張望。

後來我又在歐洲多待了十幾天，確定找不到萬乘之後，才一個人失落的回到這裡。

而這雙襪子，就這樣被我從歐洲給帶了回來。

「這雙襪子，就是你從歐洲帶回來的？」阿盛、阿邵、娟與小安的眼光都集中到了老師的手心。

手心上，躺著一雙黑色的紡織品，乍看之下只是一雙平凡無奇的長筒襪，但再仔細看去，襪子的邊緣有著獨特的收邊，而表面材質黑得如同可以將所有光線都吸入，黑到一絲反光都沒有，是全然的闇黑色。

阿盛等人，都忍不住想要伸出手，撫摸這雙襪子的材料。

「可以摸嗎？」

「可以。」老師露出大方的微笑，「甚至，可以讓你們帶回去。」

「可以讓我們帶回去？」阿盛等人忍不住大叫，但隨即想起自己正在咖啡館這樣的公共場所，立刻把聲音壓低了下去。

「當然，不過只是借而已。」老師微笑著。「如果你們認爲朋友的失蹤，與這襪子有關，讓你們借回去研究幾天，也可以幫忙解決心中的困擾，不是嗎？」

「老師，您眞大方。」

「過獎了，那麼，就這樣了。」只見老師起身，就要離去。

「咦？老師，你要走了？」阿盛等人騷動起來。

「故事說完了，襪子也借你們了，你們也知道我的聯絡方式了，還有其他事要說嗎？」

「呃……」三人互看一眼，他們總覺得老師走得太急了，好像還有什麼事情沒有說完。

「老師的故事，還有後續嗎？」娟小聲的問。

「如果後來針對這些靈異事件，我這幾十年來從不間斷日日夜夜的研究，是一種後續的話，」老師微笑。「那確實還有。」

「等一下，」這時，那看起來吊兒郎噹的阿邵開口了。「那，那V8呢？」

「V8？」

「老師，你後來看過V8裡面的內容了嗎？」阿邵說這話的時候，感覺有點緊張。「也許，裡面錄到了萬乘失蹤的過程？」

「看過了。」

「那裡面是什麼？」

「裡面的畫面，」老師淡淡的說。「是我這幾十年投入研究與實驗的重要起點。」

「什麼意思？」

「就是這意思。」老師慢條斯理的收拾著他的公事包。「這幾十年來，我不斷研究、實驗，就是從V8的影像中得到了靈感。」

「裡面拍了什麼？」

「……」老師笑而不答，但這時，輪到阿盛開口了。

花了三年追逐小梅失蹤的祕密，甚至架設失蹤網站，把每個失蹤故事從頭到尾都閱讀數十遍的阿盛開口了。

「老師，你在去歐洲之前，對襪子這件事，就已經做過深入研究，是嗎？」

「喔？」老師眼睛瞇起，似乎在觀察阿盛。

「你剛說到了兩個字，實驗。」阿盛看著老師。「所以你不只研究，你還『實驗』，是嗎？」

「嗯。」老師依然微笑著。

「你的伙伴，萬乘，是你特別帶去歐洲的吧？」阿盛雙目緊盯老師。「他也是實驗的一部分？故事中說到的咖啡，是你泡的吧，那喝完就會昏昏欲睡的咖啡？究竟是你睡著了？還是萬乘睡著了？」

「眞抱歉，我眞的很想現在回答你的問題。」老師整理了一下外套。「但我想我用嘴巴說，說不清楚，不如你們回家好好研究這雙襪子，記得用完還我。」

「啊？」

「再過幾個禮拜，就是溫暖無比的聖誕節呢。」

就當老師轉身離開時，娟像是想到什麼似的，對著老師的背影，問了最後一個問題。

「那萬乘呢？你從此就沒有見過他了？」

這問題，就是這問題，讓始終冷靜如冰的老師背影一頓，雖沒有說話，但阿盛卻能從老師背影的這一頓，感覺到某種怒氣，某種該完成卻沒有辦法完成的怒氣。

「他啊，很特別。」老師只說了幾個字。「雖然死了，但後來的子孫卻還煩著我。」

後來的子孫？眾人感到一團霧水，但老師在回答了萬乘的問題之後，就像是一陣黑色的風，快速離開了咖啡館。

剩下四個人，坐在咖啡館中，沉默的看著桌上那一雙，可能是所有失蹤人謎底的，襪子。

第五章　哼著聖誕歌的失蹤

聖誕夜的晚上，小安接到了阿盛的邀請，來到了阿盛的家裡。

「嗨，阿盛。」小安很習慣的把包包放在角落，在阿盛的房間找個椅子坐好。

「嗨，小安。」阿盛身影坐在電腦前，這是他一貫的姿勢，對著電腦不斷輸入各種訊息。

「聖誕夜耶，你竟然沒有活動，而且還十萬火急的找我來！」小安笑。「要不是我也剛好是單身，才不會理你呢，說吧，你有什麼發現？」

「你怎麼知道我發現了什麼事？」阿盛依然操作著電腦。

「從拿到襪子之後，你廢寢忘食的研究，然後在今天突然找我來，肯定發現了什麼吧！」

「嗯，算是有點發現吧。」阿盛操作電腦的手指終於停了。「我先說第一件事，我的聖誕節失蹤人口的網站，要關閉了。」

「啊？你搞了這麼久？說關就關？」小安一愣。「啊，難道你參透襪子的祕密了？」

「嗯，說是發現襪子的祕密，倒也沒有，其實找你來，是想找你來陪我喝酒的。」阿盛起身，從房間裡的小冰箱裡面拿出了一打啤酒，還順便拿出一大盤滷味。

「我勒，聖誕節兩個男人喝酒，我們有這麼寂寞嗎？」

「算是悼念我們共同的好友，小梅吧。」

「嗯。」聽到小梅的名字，小安臉色微微改變，神情帶著些許哀傷。「是啊，以前我們三個老是一起慶祝聖誕節，說是要慶祝到老的。」

「那就喝一杯吧。」阿盛伸出食指，鉤住拉環，啪的一聲，拉開啤酒拉環，遞給小安。「敬友情。」

「敬友情。」小安接過啤酒。

阿盛也替自己開了一罐，兩人輕碰啤酒罐之後，小安喝下一大口啤酒，而阿盛目不轉睛的看著小安吞下那口酒，才把嘴巴靠近啤酒罐，輕輕喝了半口。

然後，兩人就這樣你一罐我一罐，很快的喝掉七八罐啤酒後，阿盛突然開口。

「小安，其實你應該知道，我很喜歡小梅。」

「知道。」小安喝到第四罐酒了。「這啤酒是不是特別純啊，我怎麼覺得自己好像有點醉了？」

阿盛繼續說著，「我打算等到我們念到大學三年級，就和小梅表白。」

「是喔？」小安手上的筷子有些搖晃，要夾起一塊滷味，夾了半天卻沒有夾起來。

「而我知道，小梅會答應我，她也喜歡我。」阿盛放下啤酒，雖然喝了不少酒，但此刻他語氣卻依然冷靜。「但是我們都有一個顧忌。」

「什麼顧忌？」

「你。」

「啊？」小安臉頰泛紅，打了一個嗝。

「我們向來都是三人活動，所以我們怕一旦對彼此表白，會讓你落單，所以我們一直沒有和對方說，只是……」阿盛說，「我們對彼此的感情越來越明確，我們知道這一天遲早會到來。」

「嗯。」小安看著阿盛，此刻他的眼神，迷迷濛濛，但迷濛中卻透著一股複雜的情感。

「而且我們畢竟青梅竹馬了這麼多年，我們知道你很介意這件事。因爲，你的占有欲很強。」阿盛說，「小時候，我們一起抓到一隻獨角仙，大家討論誰要養，當時你媽不准你養寵物，所以應該輪到我養，但那隻獨角仙卻莫名的死掉。」

「喔。」

「我想，應該是你殺的吧？」

「是這樣嗎？」小安笑了一下，他整個身體癱在沙發上，已經醉得意識不清了。

「我和小梅的感情，就像是一個更大的獨角仙，我們怕你做出傻事，所以遲遲沒有表白。」阿盛看著小安。「你說是嗎？」

「事實上，我比你快了一步，先對小梅表白囉。」小安突然說，「但她拒絕我了。」

「嗯，小梅有對我說，她說，你根本不是真的想要和她認真談戀愛。」阿盛看著小安。「你只是害怕失去，想要先搶下來，這樣小梅怎麼可能答應你！」

「哈哈，小梅真的……真的很……聰明……」小安眼睛已經閉上，講話也是語無倫次。

「我們都已經準備要面對你的情緒反應，甚至做好失去一個好朋友的準備了，只是沒想到，你比我們更快。」

「嗯……」小安眼睛閉上，甚至發出了輕微的鼾聲。

只見阿盛慢慢起身，從櫃子裡拿出了一雙黑色的襪子，這是老師借他的襪子，失蹤現場必定出現的，神祕物體。

「當時你送給小梅，幫助唸書的幸運小物，就是襪子對吧。」阿盛蹲下，輕抬起了小安的腳，然後慢慢的開始將襪子套上小安的左腳。「從此，小梅無法脫下襪子，開始看見幻影。」

「鼾……」

「我在你的啤酒中放了點安眠藥，利用我替你拉拉環的時候，這招是和那個老師學的。」當小安的左腳套上襪子，阿盛慢慢起身，此時，他竟然哼起曲子。

聖誕曲嗎？

不，是扭曲變調的聖誕曲，詭異、古怪、有如喪曲般的聖誕曲。

然後，阿盛坐下，他拿起了另一隻襪子，慢慢的舉起右腳，套上了自己的右腳。

歌曲，還哼著。

襪子緩緩的滑過阿盛的腳踝，繼續往上拉，已經覆蓋了小腿肚。

眞是舒服的材質，從來沒有穿過這麼舒服的襪子啊！

歌曲，依然哼著。

然後，阿盛舉起了啤酒，高高舉起，輕輕笑了。

「我們過去就是三個人，這下子，我們又會繼續三個人了。」阿盛笑得好燦爛。「小梅，妳等我，我就帶著小安去找妳了。」

然後，啤酒咕嚕一聲滑下了阿盛的喉嚨。

他開始看見了。

小安的左腳襪子處，爬出了第一個黑影，黑影小小的，體積約莫拳頭大小，全身籠罩在一片黑色光暈之中，讓人看不清楚他身體的細節。

阿盛唯一確定的，是那黑影臉上那尖銳的獠牙。

黑影不只一個，很快的就出現了第二個，第三個，第四個……

黑影越來越多，轉眼就超過三十個，他們爬滿了小安全身。

「小矮人？」阿盛低語，「果然是小矮人嗎？這襪子果然就是一個通道，連接著現世與另一個世界！每到聖誕夜，當聖誕老公公把禮物從另外一個世界放入了襪子，小矮人也從襪子中爬出，帶回他們想要的禮物。」

「古老的歐洲，祭祀小矮人來換取禮物。」阿盛喝著酒，眼睛瞇起。「這就是這故事的眞相，雖然荒唐，卻是眞實的存在。」

不到幾秒，小矮人已經爬滿了小安，而小安這刹那像是感受到了什麼，睜開了眼睛，而睜開眼睛的瞬間，他看到了全身上下都是這奇異恐怖的小矮人。

「啊啊啊啊！」小安尖叫起來。

下一秒，小矮人開始動作起來。

他們抓住小安的全身上下，頭髮，耳朵，手指，嘴唇，皮膚，然後開始往襪子裡面扯去。

而小小的襪子，竟然像是填不滿的洞，不斷的把小安吞了進去。

「阿盛！救命！啊啊！……」小安發出無比驚恐的叫聲，他伸出手，要拉住阿盛，但阿盛只是喝著酒，冷冷的看著小安。

小安不斷扭動、掙扎，但他的身體卻不斷被捲入襪子中，像是麻花捲一樣，不斷捲入襪子裡，而襪子不斷鼓動開闔，把小安一口一口吞進去。

「啊啊啊啊啊……」小安在最後一刻，發出無比的慘叫。

整個人，在數秒鐘內，被襪子完全吃了進去，最後只剩下一隻右手，掙扎的抓著地板，在地板摳出尖銳痕跡後，咻一聲，被吃得一乾二淨。

小安就這樣在阿盛面前，被活生生吞入。

「當年，小梅就是這樣被吃掉的啊！」阿盛依然喝著啤酒，他眼睛慢慢閉起，同時間，他也感覺到他的右腳襪子，突然一陣緊繃。

他低頭，正巧與一隻從襪子爬出的小矮人目光相對。

這小矮人除了鋒利的獠牙，還有一張蒼老到可能百歲的臉，一雙漆黑冷漠的雙眼，他是來拿禮物的，而每個穿著這雙襪子的人，都是他們的禮物。

「小梅，我來了啊，哈哈哈哈。」阿盛大笑，捏扁了啤酒罐，下一秒，他右腳襪子中爬出了數十隻凶狠如蜘蛛的小矮人。

「哈哈哈哈哈……」阿盛還在大笑之際，他整個人也像小安一般，螺旋轉動，被襪子硬生生往內吞，一口，一口，一口……

完全吞了進去。

笑聲，伴隨著古怪的聖誕歌，在房間環繞了許久許久，有如陰魂低吟，直到清晨的陽光射入，才終於散去。

而這雙襪子，也在這詭異的夜中，被最後十幾個小矮人給拎起，朝著黑暗角落中跑入，消失在這房間中。

第二天，娟收到了一個包裹。

她打開包裹時，眉頭微微皺起，但她的表情說是驚恐，不如說是早就猜到有這麼一天。

包裹中，是一雙襪子。

還有一張紙條。

「阿盛已經做完實驗，他已經明白失蹤之謎了。」紙條上的字跡以鋼筆寫下，蒼勁有力，娟直覺就覺得是出自老師之筆。

「所以，接下來換妳了。」

娟慢慢把包裹收起來，她知道，丟也沒有用，因為這雙襪子會像冤魂般，不斷出現在她周圍。

所以她的想法是，她該想個辦法把這雙襪子給「那個男人」穿上。

那個不甘心被娟的姐姐甩掉，然後對娟的姐姐做出邪惡事情的懦弱男人。

對，一定會有辦法的，一定會有辦法讓那個男人穿上這襪子，然後讓他明白自己曾經做過什麼！

娟笑了。

然後，她哼起了歌，一首變調的聖誕旋律，自然而然的從她的嘴裡哼了出來。

「那你知道，根據統計，每年的哪一個節日，失蹤人數最多嗎？」

「咦？失蹤人數和節日哪有關係？」

「原本也以為沒有關係，但事實上，當開始調查，才發現比例異常的驚人呢。」

「那是哪一個節日？」

「我和你說，就是天空下著雪，巷口播放著溫馨音樂，人們躲在溫暖屋子裡和家人團聚，舉起酒杯互相擁抱的那個節日……」

「聖誕節？」

「對。就是聖誕節。」

每年的聖誕節，都有人莫名其妙的失蹤，再也沒有人找得到他們。

對了，你今年有收到襪子嗎？如果收到了，別忘了把它掛上窗戶邊。

小矮人們，會親自來收他們的禮物。

而他們的禮物，就是你。

尾聲

老師打開了燈。

燈光照映下，整個房間都亮了起來，這是一個裝飾簡單每件事物卻充滿質感的房間，牆邊有一座巨大的書櫃，裡面放滿書籍，只是書籍的封面均古老且陳舊，好幾本的文字甚至難以分辨，這是古拉丁文？古埃及文？或是古印加文字？

老師坐到了位居在房間中央的一張椅子上，而他背後的牆，掛著四幅畫。

第一幅畫畫的是一個女子，背景是淒厲的古墳，而女子的脖子套著繩子吊在樹上，繩子的另外一頭被兩個男人拉著繩子，兩個男人神情驚惶，其中一人臉上帶著哭臉，一人則回頭張望，似乎背後藏著什麼恐怖鬼怪。

這張畫的下面，被標註著「清明」。

第二幅畫畫的也是一名女子，約末二十幾歲，她正在河邊跳舞，腳穿著一雙鮮豔的紅鞋，但她臉上絲毫沒有跳舞的歡愉，反倒是驚恐且畏懼，張嘴發出無聲尖叫，而若仔細看這幅畫，隱約可以看見一雙手，正從河底伸了出來，正要抓住那雙鮮紅的高跟鞋。

這張畫的下面，標註的是「中元」。

第三幅畫與前兩張相比，色調完全衝突，它是溫暖的紅黃色系，畫中更充滿著小孩，小孩圍繞著一個年輕漂亮的老師，發出無聲的歡笑聲，只是這張畫卻有兩個地方顯得突兀。一是那老師的臉孔，那是驚駭、恐怖、幾乎要致死的臉孔，而第二個突兀點，則要順著老師的目光……就會發現，有個小孩是特別的。

不同於其他小孩的亮色系，這小孩全身都是慘灰色，他正瞪著這年輕的老師，那是鬼一般的眼神。

這張畫的下面，標註的是「萬聖」。

而最後一張畫呢？

是襪子。

就是一個襪子。

襪子是黑色的，尾端有著蕾絲般的縫線，這是一個看起來平凡、卻又不平凡的襪子，不平凡之處，是當你仔細看向襪子的表面。

「喝！」

你會受到驚嚇，因爲那襪子的表面似乎有著一張又一張的臉，有的臉是少女，有的臉是老人，也有的臉是男子，他們都在襪子中掙扎著，像是有話要說，卻又被襪子所吞噬。

畫的下面所標註的，是「聖誕」。

只是這張聖誕的右下角卻是白色，像是沒有把畫畫完般，留下了一抹不易察覺的伏筆。

「陣法只差一點，就要完成了。」

而坐在這四張畫下方的老師，慢慢吐出一口氣，然後他手伸出，原來他的手掌中，有一個遙控器。

遙控器像是一個魔法棒，登的一聲，點亮了與牆面平行的那巨幅螢幕。

螢幕中開始播放影片。

只是這影片畫質一點都不好，粗糙而模糊，像是二十幾年前的手持Ｖ８所拍攝而成。

老師看著畫面，始終冰冷的墨黑眼珠，卻在此刻產生了情感，那是興奮的，熱烈的，卻也是憤怒的複雜情感。

「那些小孩倒也聰明，竟然問到了這部Ｖ８，我想，他們應該知道我說的話，一半眞一半假吧？」老師冷笑著。「反正，結局都是差不多的。」

Ｖ８的畫面上是一間古舊的飯店，飯店的牆面上，掛滿了各式各樣七彩繽紛的襪子，與其說是把襪子當裝飾，不如說是一種古怪畸形的襪子崇拜症。

拍攝者邊拍著，邊用聲音旁白補充著……

「我們來到了歐洲這個小村莊，來探索聖誕節的小矮人的祕密，我們發現了一個古怪，那就是這裡很多襪子，和聖誕傳說不謀而合……」

影片不斷往下播放，裡面參觀了整個房間之後，又繼續拍攝窗外的景致，此時隱隱可聽到窗外傳來陰森扭曲的聖誕歌曲……

這時，有人入鏡了。

這人身材挺拔，五官年輕帥氣，但不知道是否是Ｖ８畫質太差的關係，他的眉宇帶著一股陰森之氣，他正是老師，但卻比此刻年輕了許多。

他手上正拿著兩杯咖啡。

「萬乘，喝杯咖啡吧，調一調時差。」鏡頭中的年輕老師這樣說著。「我從樓下拿上來的。」

「是飯店樓下拿的咖啡嗎？」攝影者原來是萬乘，他接過咖啡，以閒聊的語氣說著。「難怪你剛剛去樓下這麼久……」

「樓下的老頭挺小氣的，要兩杯咖啡也要收錢，我還和他討價還價一番，順便問一下這裡的景點。」

「原來是這樣。」V8畫面中，攝影者接過咖啡。「這咖啡的味道，嗯？」

「怎麼？」

「很好喝。」

「喔？謝謝。來歐洲就是要喝咖啡不是嗎？」

畫面平靜的過了約莫十分鐘，此刻再次有了聲音，V8此刻似乎被隨意放在床邊，擺設的角度剛好對著床的後半段。

而畫面上，照出了似乎是萬乘的腳，他的腳伸得直直的，動也不動，似乎是睡著了。

而畫面上傳來一陣古怪的哼歌聲，那是年輕老師，他緩緩的進入畫面中，手拿著一雙黑色的襪子，嘴裡哼著的，正是那有如喪曲的聖誕歌曲。

老師坐在床邊，小心翼翼的幫萬乘，穿上了襪子。

「我們認識不久，真的就像老朋友一樣，很少有人能和我聊這麼多古老的祕法，從祕宗到黑魔法，從中國的清明禁忌，到萬聖節的糖或搗蛋，背後那些不能碰觸的陰陽之門，你竟然都略知一二。」老師穿完了萬乘的左腳，一邊說著。

「和你在一起的日子，確實不錯。」

萬乘的腳動也不動，似乎正在熟睡中。

然後，老師開始替萬乘穿起了右腳的襪子。

「你一定不知道，這已經不是我第一次來到這小鎮了，而我也知道，要召喚黑暗力量的聖誕小矮人，需要襪子作爲通道，還有一個……祭品。」年輕的老師哼著怪異的聖誕歌。「你和我一樣對神祕學充滿興趣，一定會很開心成爲祭品吧，嘿嘿。」

V8的畫質一樣模糊，歌聲仍在持續，年輕老師把右腳的襪子一點點的套到萬乘的腳上。

「我要不斷實驗，找出使用這些黑暗力量的方法，而實驗就是要祭品，恭喜你成爲第一號祭品啊。」年輕老師笑著，忽然，他的動作微微停了。

因爲萬乘的右腳上繫著一個罕見的物品，阻礙了老師的動作。

那是一個金色的環形物品，低調的閃爍著它尊貴的光芒，那是一條腳鍊。

年輕老師微微愣住，「男生怎麼會戴腳鍊？」

他的心裡雖然納悶，但動作卻沒有停，很快的把萬乘右腳襪子穿好，然後優雅的起身。

「接下來，就等著小矮人們，來收他們的禮物了。」

V8的惡劣畫質仍在持續，就在約莫五分鐘之後。

那穿在萬乘腳上的襪子，開始出現了反應。

襪子表面開始蠕動，像是有什麼生物就要從襪子中爬出來，而那些蠕動，還夾雜著古怪的笑聲，咯咯咯咯。

笑聲中還摻雜著奇怪的語言，那是令人聽不懂、卻讓人不寒而慄的古老咒語，像是在說著，我好餓，我們好餓，餓。

襪子不斷蠕動，高高鼓起，夾雜著越來越多的笑聲，咯咯咯咯，還有年輕老師哼唱的聖誕歌聲飄散其中。

然後，V8的畫面一閃。

這一閃，像是某種開關被按下，更像某道陰陽的門在剎那間被打開，第一隻身材細小、頭上戴著綠色長帽、雙眼深紅色、滿嘴是尖牙的小矮人，從襪子中爬了出來。

他左顧右盼，然後慢慢爬上了萬乘的腳，回頭說了一種聽不懂的語言，緊接著第二隻小矮人出來了，他較爲矮胖，戴著黑色長帽，眼睛很細，嘴裡尖牙，還不時發出古怪的笑聲。

不久之後，越來越多的小矮人從襪子中出來，轉眼就是十幾二十隻，他們在萬乘的身體爬上爬下。

同時，V8的畫面中，傳來年輕老師的聲音。

那不是一般的話語，那是和小矮人同樣古怪的語調，夾雜著像是竊笑和低吼的吟唱。

小矮人們聽到了年輕老師竟然說著和自己相同的語言，先是驚愕，隨即又嘰哩咕嚕的說了起來。

年輕老師又說了一串音節，小矮人發出一陣混亂的歡呼，然後同時轉頭，看向他們所站立之處，也就是萬乘的身體。

最後，年輕老師又說了一句話。

這句話就是人們聽得懂的語言了。

「開動吧，這是屬於你們的祭品，從此之後，我將供奉你們無數的祭品，但你們必須將爲我所用。」

下一秒，所有的小矮人在嘶吼和尖笑聲中，抓住了萬乘的全身上下，朝著襪子裡面扯了進去。

「吞噬吧！」年輕老師笑著。「我會進行更多實驗，擁有更多力量，然後……」

忽然，嘎的一聲，V8的畫面突然就這樣失去了畫面。

原因，是被現在的老師給切斷了。

坐在豪華軟椅的老師，關掉了手上的遙控器，一下一下緩緩呼吸著。

「每次重看這一段，都提醒著我，我們的恩怨沒有了結啊，萬乘老友。」

說完，老師的食指按下開關。

模糊的V8畫面又再次運轉，剩下的時間，已經不足三分鐘了。

在小矮人們發出歡呼，將要「進食」之時……忽然，某個東西在萬乘的腳踝處開始發光，竟是那條金色腳鍊。

小矮人原本要把萬乘拖入襪子中，但那條腳鍊卻像是一個巨大的鎖，卡住了襪子入口，讓小矮人拉不動萬乘，同時小矮人像甲蟲般不斷聚集過來，要幫忙一起拉那腳鍊。

一旁的年輕老師也察覺有異，喃喃自語著，「這條鍊子上，寫著古老的中國符咒，這是中國道術啊！這萬乘竟然有如此法器!?」

這金色鍊子不只抵抗著小矮人們的拖拉，突然間，它的光芒陡然加強，溫度急升，化成火燙的圓圈，開始滾燒起那些正拉著它的小矮人！

小矮人尖叫聲不斷，鍊子上的咒法流轉，一個燒過一個，轉眼就燒掉數十隻小矮人。

不只如此，金鍊光芒還燒向了襪子本體。

但，襪子裡的小矮人也不是省油的燈，歐洲可是他們的老巢，眨眼間襪子湧出越來越多小矮人，前仆後繼的撲向了金鍊子，此刻，古老的中國道法，正力抗著歐洲的妖魔童話。

只是小矮人不斷從襪子內湧出，每隻都是尖牙利齒，頗爲駭人，金鍊縱有道法，似乎也逐漸被壓制。

而就在此時，一隻手突然伸來，抓住了襪子邊，用力扯下。

萬乘，萬乘清醒了？

「怎麼會這麼快醒來？」年輕老師一愣。「啊，剛摻了安眠藥的咖啡，你吐掉了？」

「咖啡是好喝，但怎麼想你都不會那麼好心啊！」

而萬乘扯下右腳的襪子之後，又跟著發出大吼，要扯下左腳的襪子，但左腳上滿是抓著肌膚皮肉的小矮人，這一扯，等於連同萬乘自己的左小腿的皮膚都一起扯下。

但此刻生死交關，萬乘顯然也顧不了那麼多，哀吼聲中，他拉下了自己左腳的襪子，也順便拉下了整隻左腳的皮，鮮血淋漓之中，甚至可見一條條肌肉裸露而出。

萬乘在疼痛中起身，抓著簡單行李就要往外跑。

「不准走！」V8中只聽到年輕老師大叫，「你是我的祭品，你是被黑暗標記的祭品！你逃不了的，我會追到你，抓住你，讓你回到黑暗之中。」

而原本已經逃到門口、就要開門而逃的萬乘，卻在此刻停住。

他聲音低沉，那是賭上一切的決心。

「現在的我打不贏你，但不會是永遠的。」萬乘聲音堅定。「我也許有天會死，但我會把金鍊子交給子孫，讓他們繼續對抗你。」

「你的子孫？」

「對。」萬乘回頭，微笑。「他們會一個一個的破解你的咒法，然後擊敗你。」

「想的美！」

V8的畫面，依然停在那半張床的位置，周圍的聲音一片混亂，扭打聲，怒吼聲，恐嚇聲，還有開門逃逸的聲音……

終於，又過了約莫一分鐘，停了。

這一次，不等老師切斷V8螢幕，螢幕就自己顯示了END，然後停止了。

老師慢慢起身，他轉頭看向四張畫，象徵著清明、中元、萬聖，以及聖誕的四張畫，還有聖誕圖下方那一角殘缺的白。

「萬乘老友啊，」老師的目光陰冷，「就讓我們看看，究竟是你的子孫破了我的陣，讓我回歸黑暗，還是我滅了你萬乘一家，繼續以黑魔法長生不老吧？」

第二篇

平安夜宴上的漂亮姐姐

星子

1.

寒冬夜裡一戶人家，昏暗房間小木桌上，擺滿高低不一的蠟燭和一只黃銅檀香爐，燭光搖曳閃爍，檀香煙霧裊裊升起。

檀香爐前，橫擺著一把生魚片刀，刀身上寫著密密麻麻的血色符籙。

一對小姐弟淚流滿面的跪在小桌前，雙手合十祈禱。

房門外響著一聲聲男人哽咽哀求。「瓊姑仙……求求妳……放過我兒子女兒，妳要命，我的命給妳……我孩子還小……他們……」

男人還沒說完，彷彿受到襲擊般痛苦哀號起來，伴隨著一記記沉重擊打聲。

「爸爸……」姐弟倆相望一眼，忍不住站起身，抹著眼淚往房門走，探頭偷瞧外頭動靜。

客廳陰深晦暗，男人站在客廳自搧巴掌、扯耳朵、揪頭髮，喉間滾動著猶如陰邪凶獸般的聲音。「不……好……」

「咳咳……瓊姑仙、瓊姑仙……」男人一面賞自己巴掌，一面哭著說：「放過我孩子吧……不干他們的事啊……」

「不……好……」男人喉間響起這兩個字，一手揪住自己後腦頭髮，將男人臉面往玻璃廳桌重重一按。

磅啷——玻璃廳桌被男人用臉撞裂炸碎。

男人跪倒在地，鼻梁歪斜，臉龐破出好幾道可怕裂口，鮮血瞬間染紅了整張臉。

「爸爸——」姐弟倆哭叫著奔到男人身旁，不顧一地碎玻璃，噗通跪下，抱著男人大腿，大哭哀求。「瓊姑仙不要打我爸爸……」「瓊姑仙，求求妳放過我們……」

「嘻。」男人露出奇異笑容，倏地站直身子，揪住小姐弟頭髮，拖著兩人往房間走去。

「瓊姑仙！不要！」「好痛！」小姐弟驚恐哀求，但男人手勁奇大無比，轉眼就將姐弟倆拖回房中，推倒在小桌前，接著一把拿起桌上那柄寫滿血字符籙的生魚片刀。

「請瓊姑仙……做事……」男人兩隻眼睛閃爍著奇異光芒、歪著腦袋，握著生魚片刀朝胳臂這兒割割、那兒劃劃，彷彿在測試刀刃銳利程度。「要付出……代價……」

男人挺直身子、仰高腦袋、張大嘴巴、伸出舌頭，舉起生魚片刀，豎著從舌尖往下一拉，將舌頭切成猶如蛇信般的分岔形狀。

「請瓊姑仙做事！」男人彎腰低頭，朝著跪伏在地的小姐弟倆狂笑大吼：「要付出代價——」

「哇！」小姐弟倆被父親這聲厲笑嘶吼噴了滿臉血，登時魂飛魄散、嚇暈昏厥。

「嘻……」男人淌著舌頭，舉著生魚片刀，瞧瞧姐姐、瞅瞅弟弟，彷彿在考慮該從誰開始下手。

他做出了決定，將刀尖對準姐姐頸子，緩緩送去。

「不行……」男人陡然用左手抓住右手，將刀尖扳轉，指向自己咽喉。

「噫！」他喉間滾動著奇異獸音，像是驚訝男人此時竟還有餘力反抗，那獸音憤怒嘶吼：「這是代價！這是請瓊姑仙做事的代價！」

「妳要代價，請收下吧……」男人鼓盡全力，將生魚片刀插進自己咽喉，同時踉蹌的往窗戶衝去，轟隆一聲撞破了窗戶，身子翻出窗外。

九樓華廈窗外沒裝鐵窗，男人轉眼墜地，在地上癱出一個古怪姿勢。

鮮血自男人腦袋向四周緩緩散開。

2.

翌日黃昏，就讀國中二年級的周家宜放學回家，剛開門，就見到爺爺背著手站在陽台看薑。

周家陽台鐵窗上擺著整排盆栽，三分之二都是薑。長長的薑葉讓周家陽台鐵窗看上去像是原始叢林。

「回來啦？」

「嗯。」

家宜和爺爺打過招呼，脫鞋進客廳，只見弟弟周家瑋橫躺在沙發上玩著手機遊戲，電視螢幕上正播放著昨夜墜樓事件。

死者是四十餘歲的男性上班族，是家宜爸爸公司裡的黃經理。

黃經理有兩個孩子，姐姐十一歲、弟弟九歲，在黃經理墜樓死後不久，被破門而入的警察從房間救出——警方初步判斷，黃經理的死，若非歹徒故布迷陣企圖誤導警方辦案，那麼十之八九，和邪教信仰脫不了干係。

「家宜啊，來廚房一下，媽有事跟妳說。」周媽媽從廚房探頭出來喊著家宜。

「好，我先放東西。」家宜回房放下書包、換下制服、上了個廁所之後，來到廚房。「什麼事？」

「妳爸下午打電話給我，說萱萱跟齊齊的姑姑要過幾天才能從國外趕回來處理黃叔叔後事、安排萱萱齊齊兩個人後續生活……」周媽媽這麼說：「妳爸晚上會帶萱萱跟齊齊來我們家住幾天，看是要萱萱和妳睡、齊齊和家瑋睡，還是家瑋和爺爺睡，把房間空出來給他們姐弟……妳覺得呢？」

「我都可以啊。」家宜攤攤手說：「我跟萱萱很少見面，但是蠻常在對方網頁上留言，沒那麼陌生，只是……黃叔叔為什麼……」

「我就是想提醒妳這件事……」周媽媽苦笑說：「晚點萱萱齊齊來我們家的時候，你們千萬別亂問昨晚的事情，除非他們主動提，知道嗎？」

「我知道。」家宜回頭望了望客廳沙發上翹著腳玩手機的家瑋，說：「妳擔心家瑋就好了，我不像他那麼白目。」

「我警告過家瑋了。」周媽媽這麼說：「但是怕他忘記，到時候妳幫媽一起盯著他。」

「好。」家宜點點頭，回頭見家瑋翻下沙發，臭著臉走來，揭開冰箱拿飲料，便叮嚀他：「你聽到媽的話了吧，晚上別亂問人家問題——萱萱他們家發生這種事，現在精神壓力一定很大，如果你……」

「我知道好不好！」家瑋瞪著眼睛大聲說：「爲什麼你們每個人都把我當白目啊？我有白目嗎？」

「你有。」

「什麼時候？」

「無時無刻。」

晚餐時間，媽媽指揮家宜、家瑋將一盤盤菜從廚房端上桌。

陽台傳來喀啦啦的鑰匙旋動聲，周爸爸開了門，領著黃萱和黃齊進門，指著爺爺向小姐弟倆介紹：「這是家宜、家瑋的爺爺。」

「爺爺好……」小姐弟倆紅著眼睛，朝周爺爺點點頭。

「好好好……兩個孩子沒事就好……呃……」爺爺微笑應答，一時只覺得說什麼好像都不對，便說：「先吃飯吧，別餓著了……」

「對對對，先來吃飯。」周媽媽走出廚房，招呼小姐弟倆入座餐桌。

儘管周媽媽當作沒事般招呼小姐弟倆吃飯，但此時餐桌氣氛依舊肅穆沉重——一對年紀小小的孩子，被父親關在房間準備「活人獻祭」，接著父親自殘之後跳樓慘死，這場面自是難以想像的驚恐和震撼，遠遠超出正常生活中生離死別的範疇，以致於尋常的安慰問候，此時似乎都派不上用場。

「在我們家，不用害怕瓊姑仙找上門。」周爸爸對黃萱和黃齊說：「我們家奶奶非常厲害，會保佑我們。」

「……」黃萱和黃齊聽周爸爸說出「瓊姑仙」三個字，不約而同的縮了縮身子，像是對這三個字害怕極了。

「什麼仙？」家瑋聽見爸爸口中蹦出一個他從未聽過的詞彙，終於忍不住發問，但他見到姐姐轉頭望向他，爲了證明自己不白目，便扒了口飯，將本已擠到喉頭的話，配著白飯又呑回肚子裡。

周爸爸見眾人都滿臉疑惑的盯著他，便說：「姐弟倆說黃經理前幾個月向個老太婆買了塊佛牌，希望轉運，然後就漸漸不太對勁了……」

「佛牌……」家瑋用極低的聲音喃喃細問：「是什麼？」

「佛牌呀——就是把神佛供在一塊小牌子裡，戴在身上，等於無時無刻都有神佛隨身。」爺爺說：「是泰國傳來的習俗。」

「神佛？可是……」家瑋聽爺爺說明，自是滿腹疑問，瞥了瞥媽媽和姐姐，像是不知道該如何開口問——黃經理買了佛牌，隨時隨地供奉神佛，照理說更該萬事順遂，又怎麼會發生這種恐怖的事？

爺爺自然明白家瑋心中疑問，便說：「佛牌有分正牌跟陰牌，如果製作牌子的工匠和法師玩的是旁門左道，那供進牌子裡的東西，就不一定是神啦。」

「我懂了。」家宜點點頭，夾了些菜進家瑋碗裡，說：「你乖乖吃飯。」

家瑋將家宜夾入他碗裡的菜吃下，見家宜又夾了塊肉過來，擺明要堵死他的嘴，不讓他開口說話，忍不住嘟囔埋怨。「可是我還不懂……」

「醜婆說——」黃萱主動開了口。「瓊姑仙能幫爸爸把玩股票賠掉的錢贏回來，這樣我們的房子就不會被銀行收走了……」

「股票……」周爸爸雖然知道黃經理有投資股票，卻不知道黃經理這兩年來，賠錢賠到連房子都保不住的地步。

「天下沒有白吃的午餐。」爺爺喃喃說：「不論是哪一國的神佛，都不會助人不勞而獲，這個瓊姑仙，當然不會是正神了。」

「瓊姑仙……」一直沒有開口的弟弟黃齊，此時終於說話了。「她很可怕……」他才說幾個字，眼淚便滴答落下。

「那個瓊姑仙……」家瑋突然這麼問，兩隻眼睛在黃萱和黃齊身上來回掃視。

「她是不是頭髮很長？」

「唔！」黃萱和黃齊身子一顫，驚恐問：「你怎麼知道？」「她來了嗎？」

「我是看你們身上……」家瑋這麼說，一旁家宜突然起身，打斷了他的話，向黃萱和黃齊說：「沒有沒有，他是亂講的，他很白目，最喜歡當著人家的面，講人家不想聽的話。」

「我哪有……」家瑋正要反駁，見爸爸媽媽都轉頭瞪他，便委屈的低下頭，自顧自扒著飯，不再說話。

「爸爸後來真的贏了錢，還分錢給醜婆，但是醜婆說瓊姑仙不要錢，只要孩子，想帶我跟弟弟進佛牌裡陪她……」黃萱繼續說：「爸爸不答應，瓊姑仙就控制爸爸的身體，讓他自己打自己……把牙齒都打掉了……」

黃齊聽姐姐越說越是哽咽，也一齊哭了。

「爸爸被瓊姑仙打了好幾天，好幾次想找機會帶我們逃走，但是逃不走；想拿下佛牌，也拿不下來……」黃萱說：「瓊姑仙一感覺爸爸想逃，就會控制他，讓他自己打自己……」

直到昨夜兩姐弟獻祭的最後一刻，黃經理仍在與佛牌裡的瓊姑仙討價還價，依舊沒用。

最終黃經理總算是用盡最後的餘力，沒讓自己手上的尖刀刺著兩姐弟，而是選擇破窗跳樓，暫時守下了兩姐弟的性命。

「瓊姑仙說，她不會放過我們……」黃齊害怕的說：「她說不管我們躲到天涯海角，她都會找到我們。」

「不會的！」「她做夢！」「別怕！」「她進不來我們家。」周家五口除了猶自生著悶氣的家瑋之外，幾乎同時出聲。

「啊！」家瑋見爸爸媽媽爺爺姐姐都說話了，再也按捺不住，指著客廳神桌嚷嚷說：「我們家拜的菩薩很厲害、奶奶也很厲害——我奶奶是我們家的家神，她會保護我們，也會保護你們——那個瓊姑仙如果找上門，奶奶會把她抓起來痛打一頓。」

「家瑋這次可說對了。」爺爺也對著不停顫抖的小姐弟倆說：「他奶奶是眞的厲害！總之啊，你們兩個這幾天待在我們家，那個瓊姑仙沒辦法對你們怎麼樣。」

「周奶奶……」小姐弟倆見家瑋說得慷慨激昂、爺爺也拍胸脯保證這一點，微微有些安心，轉頭望著客廳神桌。

「先吃飯吧，吃飽飯洗個澡，好好休息。」周媽媽起身替小姐弟倆一人舀了一碗薑母鴨。

那薑母鴨裡頭的薑，比外頭餐廳的薑母鴨，多了好幾倍，光是端到鼻端，便能聞到一股濃濃的辛辣薑氣。

3.

「齊齊，你睡這裡。」家瑋見洗好澡的黃齊進房，便指了指床旁地鋪，還遞給他一只手工香包，要他戴在脖子上。「戴上這個，瓊姑仙就不敢接近你。」

「這是什麼？」黃齊接過香包，乖乖往脖子一套，捏著那香包嗅了嗅。「味道辣辣的。」

「是薑。」家瑋神祕兮兮的笑說：「裡面裝著三昧薑。」

「三昧薑？」黃齊呆愣愣的問。「那是……什麼？」

家宜房裡已熄了燈，家宜沒替黃萱鋪地鋪，她不介意讓小她一歲的黃萱和她同擠一張加大單人床。

此時黃萱已早早躺上床，家宜則坐在書桌前開著檯燈整理東西，有一搭沒一搭的和黃萱閒聊。

「家宜姐，」黃萱問：「家神是什麼？」

「家神就是自己家裡的神，是祖先家人過世之後，捨不得離開我們，變成了神，繼續守護著她的家。」家宜這麼解釋。

「那我爸爸……也會變成神，保護我跟弟弟嗎？」黃萱這麼問。

「這我就不知道了。」家宜說：「我奶奶生前是個修行人，她看得到一般人看不到的東西，她從年輕時就對那些東西很感興趣，她家有個老管家，教她很多厲害法術。」

「一般人看不到的東西，是……」黃萱怯怯的問：「鬼？」

「沒錯。」家宜點點頭。「我奶奶以前常帶我爺爺去逛墳場跟醫院太平間，她年輕時喜歡找鬼聊天。」

「哇……」黃萱有些不敢置信。「所以妳奶奶生前懂法術，過世之後，變成了家神，保佑你們家。」

「對呀。」家宜說：「我爺爺隨身帶著一只懷錶，那是我奶奶生前最喜歡的懷錶，如果有急事，奶奶就會透過懷錶通知爺爺；剛剛我要妳戴在身上的香包，是奶奶小時候向家裡的老管家學來的驅鬼護身符，裡面裝的是烘乾的三昧薑。」

「三昧薑？什麼是三昧薑？」黃萱這麼問，還轉頭朝床頭瞥了一眼——床頭小架上掛著三只類似的香包。

「剛長出沒多久的薑是嫩薑，皮金黃金黃的；過了一段時間，皮變粗變乾，也變得比較辣，就成了老薑；老薑繼續種，到了隔年，會長出新的嫩薑，變成薑媽媽了——就是薑母。」家宜解釋：「三昧薑就是把嫩薑、老薑跟薑母擺在一起唸咒加持，就會像三太子的三昧眞火一樣燙，戴在身上，或是煮成薑湯喝進肚子裡，鬼就不敢靠近妳了。」

「這麼厲害……啊！」黃萱突然問：「剛剛的薑母鴨裡，也加了三昧薑？」

「沒錯，很辣對吧？」家宜笑著問。

「嗯，眞的很辣……」黃萱這麼答，突然問：「啊，現在十二點了嗎？」

「我看看……」家宜看了看手機時間，說：「十一點四十三。」

「我要先睡了。」黃萱說完便將被子蒙上頭。

「啊？」家宜見黃萱這睡姿有些古怪，忍不住問：「爲什麼用被子把頭蒙住？是燈太亮了？我也要準備睡覺了。」家宜說完，便關了書桌檯燈，摸黑走向床。

「不是……」黃萱的聲音低微的從被裡透出。「瓊姑仙之前都在一點的時間出來……」

家宜躺上床，輕輕拍了拍黃萱胳臂，要她別怕。

她可以理解黃萱心中恐懼，也能大略猜出黃萱黃齊之前在家中飽受瓊姑仙驚嚇的過程——姐弟倆剛進門時、吃晚餐時，全身都繚繞著絲絲縷縷的黑色長髮，想來是瓊姑仙的頭髮——爸爸媽媽看不到、爺爺看不到、黃萱黃齊也看不到，一般人都看不到，但家宜和家瑋看得到。

家宜和家瑋自幼遺傳了奶奶的神奇體質，從小就能見鬼，至今遭逢過各式各樣的靈異事件。

儘管晚餐時，家瑋差一點就說溜嘴了，但最後還是忍住了——他再白目，也知道黃萱和黃齊若是知道自己身上纏滿了瓊姑仙頭髮，肯定要嚇瘋了。

黃家姐弟在吃完三昧薑母鴨、喝了三昧薑茶和薑味布丁，還用浸著薑葉的浴缸裡泡了熱水澡之後，纏繞在身上的詭異長髮便通通不見了。

這三昧薑全餐和薑葉洗澡水，正是奶奶在爺爺午睡時託夢交代的。

周家過去遭遇的大多靈異事件，最終都在周家奶奶庇佑下逢凶化吉，例如那總在清明時節出沒誘拐孩童上山的王老爺子、例如夏天時隔壁鄰居來了隻凶作祟、又例如不久之前媽媽工作的幼兒園裡那隻神祕怪娃娃……

因此晚餐時大夥兒聽黃萱說那瓊姑仙如何凶猛、如何厲害時，可是一點也不害怕，因爲他們都知道，自家奶奶更厲害。

滴答、滴答、滴答、滴答……

十二點五十九分五十六秒、五十七、五十八、五十九……

凌晨一點。

陰暗房間裡，家宜半夢半醒間，恍惚之間見到奶奶坐在她床沿，微笑望著她。

「奶奶，妳怎麼來了？」家宜喃喃的問。

奶奶臉上掛著微笑，對家宜說：「再過兩天就是聖誕節了，妳想要什麼禮物，我替妳和爸爸說。」

「我……」家宜呆了呆，一時不知如何回答這個問題，喃喃說：「奶奶……怎麼突然問我這個問題，我……手機才新買沒幾個月，沒有特別想要的東西……啊，我在網路上看到一款巧克力蛋糕，我想吃那個……」

「好。」奶奶點點頭，說：「我等等就和妳爸爸說。」

「奶奶……」家宜上前拉著奶奶的手。「妳來我夢裡，就是爲了替我向爸爸討禮物？」

「不是。」奶奶笑著搖頭，說：「我是來跟妳說，妳身旁那孩子很害怕，哭個不停，妳哄哄她吧。她爸爸過去挺照顧健強的，有一年過年，妳爸爸的車壞了，臨時訂不著車票，他專程載妳爸爸回老家看我和興邦，他是個好人，唉……」

「嗯？」家宜還沒來得及回答奶奶，便睜開了眼睛，坐起身來，發了幾秒呆。房間裡昏暗暗的，一旁被窩裡的黃萱哆嗦個不停。

「萱萱，妳怎麼了？妳沒睡著嗎？」家宜輕輕拍了拍黃萱身子。

「她來了……」黃萱壓低了聲音哽咽說：「瓊姑仙來了……」

「什麼!?」家宜微微一驚，東張西望，只見到床尾方向那襲窗簾微微掀動——她窗子只關半邊，若外頭風大，確實能夠掀動窗簾。

但此時窗簾每一下掀動，簾後都會隱隱約約揙出一陣黑氣。

即便房中陰暗，但家宜仍能隱約見到那股黑氣，是如同黑洞般、完完全全的漆黑，還隱約帶著一種難以言喻的屍臭味——過去她聞過類似的氣味，那是厲鬼特有的氣味。

她吸了口氣，轉身將床頭小架上三只香包全部取下，一只掛上頸子，另外兩只捏在手上，小心翼翼的下床，舉著香包往窗邊走去。

幾乎同時，隔壁房裡的家瑋揉揉眼睛，也醒了。他聽見細碎呢喃聲，探頭只見是床下黃齊說著夢話。

黃齊眉頭緊蹙，不停顫抖，被家瑋搖醒，驚呼一聲，抱著膝蓋瑟縮到床角，害怕望著窗戶，驚恐說：「她知道我們在這裡！她來了！」

「來就來！怕她啊！」家瑋這麼說，跳下床，從書桌旁竹簍桶中抽出兩支傢伙，將短的那支塞給黃齊，對他說：「這個給你用。」

「這是什麼？」黃齊仔細瞧著手中那支古怪東西，四十餘公分長，摸起來的質感像是植物葉片，造有一處護手，形狀猶如一把短劍。

「那是薑葉驅魔劍一代。」家瑋自己則舉起一柄超過一公尺的長柄傢伙，說：「我這把是三代。」

「薑葉……驅魔劍？」

「是我發明的，借你用，必要時別客氣，斬她！」家瑋得意洋洋的說，黃齊手中的薑葉劍一代，是他拿塑膠瓦楞板裁出劍身形狀，重疊黏合幾層加固，外頭纏上層層自家薑葉做成的短劍；他自己手中的「三代」，則是將壞了的掃把拆去掃把頭之後，裹上薑葉，再用細繩纏出握柄。

「我用一代、你用三代……」黃齊儘管害怕，但仍好奇的問：「那二代呢？」

「二代被我打壞了。」家瑋聳聳肩，緊握著他那三代薑葉大劍，小心翼翼往窗戶走去。

外頭，主臥房門打開。

周爸爸站在門前，手上也捏著一只三昧薑香包，微微側頭，像是在傾聽著什麼。

他走出房，來到客廳，只見爺爺站在神桌前，點了三炷香，膜拜幾下，插進香爐。

「爸，」周爸爸走到爺爺身旁，低聲問：「你也夢到媽了？」

「嗯，」爺爺點點頭，說：「家宜家瑋沒事吧？」

「我還沒去看，不過媽說已經叫醒他們了。」周爸爸低聲問：「是不是有東西進家裡了？」

「不。」爺爺搖搖頭。「那東西想進來，被你媽擋在門外。你媽說那東西比她想像中厲害，要我替她燒灶香，向菩薩祈禱，替她加持助威。」

「嗯，你專心替媽加持，我替你護法。」周爸爸這麼說，提著香包走近前陽台，朝外頭東張西望。

「護法？」爺爺呵呵笑了。「你武俠小說看太多啦。」

「武俠小說可沒我們家故事精彩……」周爸爸這麼說，只見家瑋房門揭開，家瑋正探頭往外瞧，便問：「你不睡覺在幹嘛？」

「奶奶叫我起來保護齊齊。」家瑋這麼說，帶著齊齊走出房，突然低呼一聲，停下腳步，驚恐望著客廳陽台紗門外——

一個長髮女人，直挺挺的站在紗門外陽台上，距離站在紗門裡向外頭探頭探腦的周爸爸，只有數十公分。

那女人低著頭，看不出年歲，但頭髮極長，拖在地上，穿著一襲黑褐色長袍，兩隻手被袍袖遮著，但十隻漆黑指甲卻伸出袖口。

「風好大啊……」周爸爸嘩啦一聲拉開紗門，像是想仔細瞧瞧陽台動靜。

「爸！別開紗門！」家瑋驚恐大叫。

「怎麼了？」周爸爸呆了呆，回頭望著家瑋。

「呃……」家瑋急急舉起薑葉大劍往周爸爸奔來，像是想要斬鬼，但此時再望陽台，卻是空無一物，剛剛那詭怪長髮女人，已經消失無蹤。

「怎麼不見了？……」家瑋站在爸爸身後，向陽台探頭探腦。

「健強，你房裡還有多少香包？」爺爺搖了搖手中那古銅色懷錶，說：「你媽要我們把香包全找出來，掛在窗上門上，擋著那傢伙，別讓她進我們家。」爺爺剛說完，便從神桌抽屜翻出一只香包，掛上紗門把手。

「香包？」周爸爸呆了呆，點點頭，轉身要回房找香包，見家瑋還拿著他那薑葉大劍，哼哼的問：「你拿根破棍子想幹嘛？」

「什麼破棍子，這是我的薑葉驅魔劍！」家瑋解釋：「是用來斬鬼的。」

「驅魔劍？斬鬼？你漫畫看太多了是吧！」周爸爸一臉不屑的拍了拍家瑋腦袋，說：「你房間還有沒有多的香包，快找出來掛在窗戶上。」

「窗戶……對，要封住窗戶！」家瑋聽周爸爸這麼說，立時提著大劍，領著黃齊，轉往自己房間，開燈翻找香包掛上窗。

周爸爸來到主臥房外，只見聽著外頭對話的周媽媽，已替窗子掛上兩枚香包。

接著他來到家宜房門外，敲敲家宜房門，沒得到家宜回應，卻聽見黃萱發出驚恐尖叫。

「家宜！」周爸爸急忙開門，只見家宜房中窗簾拉開，窗子也打開著，家宜面朝窗外，頭髮被風吹得亂飄，整個身子僵凝硬直，像是被一股無形力量往外拖拉。

「妳幹嘛？」周爸爸急忙上前揪住家宜胳臂，不讓她繼續往窗外走。

家宜神情緊繃痛苦，兩隻手舉在頸前、十指虛抓，像是抓著空氣——這動作彷彿像是一個頸子被繩索勒住的人，奮力想要扯開頸上繩索般。

「怎麼了？」周媽媽等人聽見黃萱的尖叫，全擠來家宜房門外，家瑋瞪大眼睛，喝地一吼，挺著薑葉大劍衝到家宜身旁，朝著窗外使出一記突刺。

家瑋刺出一劍，又刺一劍，一劍又一劍的往窗外刺個不停。

除了家宜和家瑋自己之外，所有人都不知道家瑋究竟在刺什麼——但大家卻都能從家瑋刺擊時的受力反彈動作，知道窗外當眞有個無形的東西。

「這怪女鬼用頭髮纏著姐姐脖子，奶奶架著怪女鬼，但是拉不開她——」家瑋這麼說。

慌亂間，爺爺擠開眾人，來到窗邊，猛地將窗關上，往窗鎖柄掛上幾只香包。

家瑋哇了一聲，見到死纏家宜頸子的那束黑髮，彷如被剪刀剪著般，自關上窗框斷開，在空中消散。

同時，家宜身子向後一倒，被爸爸媽媽攙個正著。

「咳……咳咳咳……」家宜撫著頸子，大口喘氣，驚恐說：「那女鬼好凶！嚇死我了！」

「怎麼了？」「怎麼回事？」周爸周媽將家宜攙離窗邊，急問剛剛到底什麼情況。

「奶奶……叫醒我，說萱萱害怕，我坐起來，見到窗簾飄出黑氣，想看看怎麼回事……」家宜喘著氣說：「我拉開窗簾、打開窗戶，看了半天，外面什麼也沒有，正想把窗關起來，那怪女鬼就飛到我面前，用頭髮捲我脖子，想把我拉出去——奶奶也飛了過來，架住怪女鬼……然後，家瑋就衝過來了……」她說到這裡，頓了頓，瞪著家瑋。「笨蛋，你拿那破棍子刺半天，就沒想到要關窗？」

「是驅魔劍！」家瑋說：「我救妳一命，妳還這樣！」

「是奶奶跟爺爺救我的。」家宜翻了個白眼。「我被她往外拉，你還拿根棍子在那邊戳戳戳，想幫她拉我出去喔！」

「哼，妳是一個忘恩負義的女人！」家瑋氣得跳腳。

「別吵別吵。」爺爺端著懷錶，像是端著一只對講機般，一會兒湊近嘴邊呢喃，一會兒提至耳旁傾聽，見家宜家瑋吵得凶，便說：「家裡全部門窗都封住了嗎？有沒有漏的？後陽台門？廁所窗子？」

「家宜、家瑋，看著萱萱、齊齊，我去封後陽台門。」周爸爸從周媽媽手中接過一只香包，奔出家宜臥房，趕往後陽台。

家瑋提著大劍吆喝跟上，像是想保護爸爸。

家宜則和爺爺轉去廁所封窗，剛來到廁所門前，就見到廁所窗外黑影來回閃動。

「是奶奶在追那怪女鬼！」家宜驚駭叫嚷，見爺爺試著抬腳想跨上浴缸封窗，連忙拉住他胳臂，搶下他手上香包，說：「我來掛。」說完，家宜跨進浴缸，將窗拉實，把香包掛上窗鎖柄。

廚房，周爸爸將香包掛在通往後陽台的鋁門門把上，正準備回頭，突然雙眼上吊翻白，整張臉微微泛起青光，一把奪下家瑋手中那把驅魔大劍，啪嚓一聲掰成兩段。

「啊！」家瑋瞪大眼睛，嚇傻在原地，只見爸爸頭上纏了一圈黑髮。

那黑髮斜斜向上延伸，竟一路延伸至抽油煙機出風口。

「小鬼……剛剛是你用這棍子……戳我？」這說話聲音，甚至不是從周爸爸口中傳出，而是從抽油煙機抽風口傳出。

「妳……妳……是瓊姑仙？」家瑋全身顫抖不已，只見抽油煙機抽風口落下更多黑髮，緩緩擠出一個詭怪女人腦袋。

那女人面容冷峻蒼白，兩眼瞳孔縮成一枚細點，透著森森青光，嘴巴咧開，兩排牙齒是墨黑色的，緩緩說：「我是呀……」

「妳……」家瑋正想對瓊姑仙說些什麼，突然又見到抽油煙機伸出兩隻泛著白光的老手，左右拉住瓊姑仙一雙耳朵，將她腦袋給拉了回去。

「唔……」周爸爸身子一顫，雙腿發軟，倚著牆坐倒在地，撫著脖子難受的說著：「剛剛發生什麼事？為什麼我脖子這麼難受……」

「剛剛你……」家瑋比手劃腳的說著剛剛瓊姑仙伸髮穿過抽油煙機出風口，捲住爸爸脖子迷惑住他的過程。

家瑋說到一半，爺爺和家宜也趕到了廚房外，問明經過，將兩枚香包塞進抽油煙機濾網裡。

大夥兒返回客廳，全聚在神桌前，盯著爺爺與懷錶有一搭沒一搭的對話。

爺爺終於放下懷錶，吁了口氣說：「奶奶說她趕跑那瓊姑仙了，要我們回房睡覺，她有話要對我們說。」

4.

翌日上午六點整，同睡一張床的家宜和黃萱，幾乎同時睜開眼睛、同時挺身坐起。

兩人相視，黃萱眼中滿是驚訝，家宜則略顯得意的說：「我奶奶可愛吧？」

兩人下了床，開門，只見外頭爸爸媽媽、爺爺、家瑋和齊齊，也幾乎在同一時間開門出房。

大家煞有默契的輪流如廁刷牙。

平時周家早餐大都由家宜或早起的爺爺單獨下樓購買，但此時情況特殊，周爸爸和爺爺兩人掛上數枚香包一齊出門買早餐。

周媽媽則帶著家宜等孩子圍坐客廳，對照彼此夢境。

大家提及奶奶這次裝扮時，都忍不住笑了出聲。

夢裡，周家五口和黃家姐弟倆全聚在客廳，奶奶頭戴紅帽、身穿紅袍，還踏著一雙紅靴粉墨登場——家宜特別向黃家姐弟解釋，奶奶若逢急事，會向全家託夢，為了與尋常做夢做出區別，因此奶奶總會穿著醒目衣裝在眾人眼前現身，方便隔天全家對照印證——一家五口外加黃家姐弟，同時夢見裝扮成聖誕老奶奶的奶奶，且夢中對話內容一致，自然絕非巧合，而是眞正的託夢了。

「今天就是平安夜了……」家宜搓了搓凍得發僵的手，說：「我們好像從來沒在爺爺老家過聖誕節耶。」

「爺爺跟奶奶以前都自己過聖誕節。」媽媽說奶奶老家家族過去經商，奶奶的父親時常會出國考察，引進歐美時尚商品，因此奶奶自幼沾染不少西方氣息，萬聖節要管家帶她去墓地找南瓜鬼，聖誕節便要求包括爺爺在內的老少幫傭們每人貢獻一則鬼故事，不能和去年重複，講得好的會再額外獎賞聖誕禮物。

直到奶奶長大，和爺爺私奔離鄉，一對年輕男女四海爲家，生活更是自由自在，每到一處新地方過聖誕，就會擺場小宴席宴請在當地認識的遊魂朋友。幾年過後，兩人返回家鄉，在奶奶家族留給奶奶的一小塊地上蓋起老家房子，兩人總算落地生根，但奶奶仍不改過去習慣，總要在平安夜時在自家擺場小宴席招待「朋友」。頭兩年，這宴席都擺在院子裡，惹來鄰居關切，追問爺爺奶奶院子幾張宴席桌上擺著一堆插香碗，究竟在祭拜什麼？

奶奶怕嚇著鄰人，總推說是感念家族祖先往年辛勤，才留下這塊地讓她和爺爺得以蓋出遮風避雨的家，因此擺席祭祖。

之後，奶奶爲了低調，將平安夜宴搬進家裡，規模小了些，但每年老朋友依舊熱情參與，這樣的習慣又持續了好幾年，直到周爸爸上小學，有年平安夜，被湧入家裡的「老朋友」煞到病了，奶奶這才意識到，不是每個人的體質都像自己一樣，能輕鬆自在的和亡靈打交道，即便是自己的兒子也一樣，因此不再在家中擺宴祭祀亡靈朋友。

而今天，這停辦多年的平安夜宴，要重新開張了。

「所以我們今天，要去……周爺爺老家……過聖誕節？」黃萱這麼問。

「是啊。」周媽媽點點頭，說：「剛剛夢裡奶奶說的話，你們也聽見了，那瓊姑仙不是奶奶對手，被奶奶趕跑了，但是她今晚還會再來——而且還會帶幫手來。到時候奶奶一人可能沒辦法守死整個家，所以想回老家烙人——那是她從小長大的地方，有不少奶奶的『老朋友』，有他們幫忙，我們就不用怕那瓊姑仙了。」

眾人吃完了爸爸和爺爺買回來的早餐，花了點時間整理行李，黃家姐弟各自比家宜家瑋小一歲，兩對姐弟身材相差不遠，無須返回黃家凶宅拿換洗衣物，直接多帶幾套周家姐弟衣服即可。

大夥兒整備完畢，周爸爸開車載著爺爺和黃家姐弟駛往老家，周媽媽則招來計程車，帶著家宜家瑋上車，跟隨周爸爸前進，還在車上接連撥打電話給自己任職的幼兒園，及兩家姐弟學校替大夥兒請假。

經過了一段不算短的車程之後，大夥兒終於抵達爺爺老家。

暑假時，爺爺曾帶著家宜、家瑋來老家待了兩週，讓周爸周媽過過兩人世界，幾個月沒回來，院子裡的雜草長高不少——說是雜草，但其實院子裡有一大塊範圍，長的都是薑。

大夥兒可沒閒著，剛放下行李，立時按照早餐會議時的計畫分配工作，準備晚上的平安夜宴。

周爸爸也打了電話向公司請假，他自然沒說今天請假是爲了要準備晚上和厲鬼開戰，只說黃家姐弟壓力太大，要帶他倆散散心——這幾天由他負責照顧黃家姐弟，可是出於老闆請託。因此老闆不但准假，且加碼說這不算請假，照顧黃經理孩子這幾天，都是老闆交付的工作，不但不會扣他的假，還會補貼假日加班費用給他。

周爸爸掛上電話，吹了聲口哨表示滿意老闆安排，載著周媽媽上市場買菜。

爺爺則在家中，帶著兩對姐弟上院子拔草挖薑。

直到爸爸媽媽帶著大堆食材回來時，爺爺和兩對姐弟，已經將院子裡的雜草拔得差不多，還挖出了一籃生薑、一籃老薑和一籃薑母。

眾人馬不停蹄，爸媽洗菜備料、爺爺則帶著家宜等人在院子裡架起了兩個小炭爐，熬煮薑湯、烘烤薑片。

爺爺領著四個孩子，圍著兩座小炭爐，爺爺捏著杓子攪拌湯鍋，吟唸咒語，爺爺唸一句，四個孩子跟著唸一句。

咒語裡還帶著音階，如詩如歌。

足足花了一小時，熬出一鍋濃烈三昧薑湯，烤出一籃三昧薑片。

跟著是下一階段，爺爺回房清出張小桌，擺上奶奶懷錶，放了杯插香米，替奶奶唸咒加持。外頭，家宜領著家瑋和黃家姐弟，製作新的香包，這批新香包裡，三昧薑片的份量，是昨晚香包的數倍之多。黃萱手巧，做出來的香包，比原本周家香包還來得結實漂亮。

「周爺爺，我可以問一個問題嗎？」黃萱這麼問。

「當然可以。」爺爺點點頭。「妳問吧。」

「我們來爺爺老家，是因爲奶奶想請朋友保護我們……不讓瓊姑仙抓我們走……」

「是啊。」

「那如果……」黃萱怯怯的問：「瓊姑仙看今晚我們人多，不敢上門，等到我和弟弟被姑姑接走，才來找我們，那怎麼辦？」

「妳放心。」爺爺笑了笑，說：「奶奶和我提過，如果今晚瓊姑仙沒來，她也會召集這些朋友，主動去找那賣佛牌的醜婆和瓊姑仙，徹底解決這件事——我們見過妳爸爸幾次，知道妳爸爸過去很照顧我們健強，我們周家，不會坐視妳姐弟倆被惡鬼欺負的。」

黃萱聽爺爺這麼說，心中大石放下，吸了吸鼻子，哽咽道謝。

5.

冬天太陽下山很快，天空一轉眼就從橙黃暗成了墨紫。

爺爺老家客廳廳桌左半邊擺著數瓶高粱、紅酒和威士忌，右半邊則是整套茶具。餐廳除了大圓桌外，一旁還張開一張麻將桌。餐廳角落小櫃和地板上，堆著一疊疊紙錢和整箱零食飲料。

周爸周媽在廚房忙著燒菜；家宜和黃萱幫忙將一盤盤菜端上餐廳圓桌和麻將桌；黃齊抓著一把筷子跟在後頭，在每一盤菜旁右側擺上一雙筷子，作爲公筷；家瑋則在每一盤菜左側，擺上兩支線香——也是公筷。

爺爺在院子裡一張小桌前燃起三支香，四面膜拜一番，插上小桌米杯，米杯底下還壓著一疊紙錢。

爺爺插完香，走進屋裡，周爸正將最後一道人蔘雞湯端上餐桌。

平安夜宴正式開始。

在周爸周媽指揮下，四個孩子捧著餐盤，擠在圓桌前夾菜——用西式自助餐吧台的方式取用中餐，別說黃萱、黃齊沒這麼吃過，就連家宜、家瑋甚至是周爸周媽都是第一次體驗。

但爺爺說，過去奶奶在家裡辦宴招待「朋友」，多半弄成自助餐形式，這是因爲每位亡靈朋友登門時間不一，若照中餐吃法，早到的朋友得要枯等、晚到的朋友也尷尬，不如用西式自助餐方式，客人不論早來晚來，只要向奶奶打聲招呼，便隨意取餐享用，看是要三兩成群閒聊，或是默默獨飲都行。

「唔！」家瑋剛撈出一根雞腿啃了兩口，便見到門外院子小桌旁，走來一個身影，那身影從模糊變爲清晰，是個二十來歲的漂亮女人，她進屋時的步伐猶如踏在雲上般輕飄飄的。

女人頭上纏著一圈復古碎花圖樣絲巾，一進客廳，東張西望，目光和家瑋對上，互望數秒——按照先前全家作戰會議，家宜、家瑋得盡量低調，別和奶奶這些亡靈朋友們有過多接觸，畢竟說是朋友，但朋友也有親疏之分，部分鬼魂精神比生前敏感得多，要是哪個人口快說錯了話得罪朋友，那可不好；又或是有些朋友熱情過頭，知道家宜、家瑋能看見自己，往後成天纏擾不休，也是麻煩；更甚者部分「朋友」，或許與奶奶有點交情，同時卻也是凶厲猛鬼，家宜、家瑋終究年幼，多一事不如少一事，乖乖閉嘴吃飯最好。

儘管如此，家瑋仍與那女人對望許久——因爲她實在太漂亮了，和電視、網路上的偶像女星一樣漂亮。

「咳咳、嗯嗯……」家宜端著盛菜小盤，擋在家瑋面前，冷冷說：「你忘記媽怎麼說的嗎？」

「我沒忘我沒忘。」家瑋心不在焉的聽姐姐訓話，隨手摳摳耳朵，突然見到姐姐身後晃出一個身影，正是奶奶——奶奶此時穿著運動服和一雙球鞋，那是她生前與爺爺一齊散步爬山時的裝扮，和今日爺爺穿的運動服是同一款式。

家瑋見到奶奶轉頭朝他笑了笑，也笑著向奶奶深深一鞠躬——說是向奶奶鞠躬，可目光大多仍放在那漂亮女人臉上。

奶奶揚手指著家宜和家瑋，和漂亮女人有說有笑，像是向她介紹姐弟倆一般。

漂亮女人朝家瑋點點頭，微微一笑。

「妳好……」家瑋立時回報了一個燦爛笑容。

「喂喂喂。」周爸察覺到家宜、家瑋舉止古怪，托著餐盤過來關切，問：「你們幹什麼？有『客人』來了嗎？」

「對啊。」家瑋點頭說：「而且奶奶也在啊。」

「什麼!?」周爸爸訝異回頭，什麼也沒看到，喃喃問：「媽，妳現身啦?」

周爸爸這麼問，自然得不到任何回應。

「奶奶正跟一個漂亮女人介紹你。」家瑋這麼說。

「漂亮女人?」周爸爸好奇問：「長什麼樣子?比你媽還漂亮嗎?」

家瑋講了幾個年輕女星名字，說：「比她們還漂亮。」

「嘩!這麼漂亮!」周爸爸瞪大眼睛東張西望，只瞥見周媽媽站在桌邊替黃萱、黃齊夾菜，似乎聽見了這頭父子倆對話，垮著臉瞪他。

「嗯，我不相信這世上有比你媽更漂亮的女人，你少騙我。」周爸爸推著家瑋去桌邊，一面說：「你媽要你們吃快點，吃完去樓上待著，別妨礙奶奶和客人聊天。」

「我不能一起聊嗎?」家瑋這麼問。

「不行。」周媽媽冷冷說：「現在天黑了，萱萱會怕，等等你負責保護她，你可以嗎?」

「……」家瑋望著臉色略顯蒼白的黃萱，點點頭。「好吧，我會保護萱萱姐。」

在周媽督促下，孩子們加快速度吃完晚餐，大夥七手八腳的將餐盤右側一雙雙公筷收去，只留下左側線香，然後上二樓房間待命。

二樓有三間房，一大兩小，大房間本來是爺爺奶奶年輕時的主臥房，後來兩老上了年紀，改睡一樓房間；周爸周媽來訪時，爲了就近照應爺爺奶奶，也睡一樓客房；這二樓大房間，就變成了家宜來爺爺奶奶家玩時的睡房，家瑋則睡爸爸童年舊房。

此時這大房間雙人床上擺著幾團棉被枕頭、零食飲水，和一批稀奇古怪的武裝道具，彷如臨時軍事營地般。

那些武裝道具之中，有一批薑片香包、幾瓶裝著三味薑湯的噴水壺、幾束薑葉——這批薑葉是上午拔草時，爺爺挑揀出來的。

薑葉寬長、薑莖又粗又高，五六支帶葉薑莖紮成一束，彷如一支巨型雞毛撢子，噴上三味薑湯，驅鬼力道應當高過昨晚家瑋那支掃柄大劍不少。

家瑋胸前掛著香包，左手拿著噴水壺，右手握著整束薑葉，守在窗邊，窗上也懸著香包——此時整間透天厝，除了供平安夜宴賓客進出的客廳大門外，整間屋子所有門窗、對外孔洞全都掛上了薑片香包鎮著。

由於昨晚周爸讓瓊姑仙從抽油煙機通風口伸髮偷襲，因此今日格外謹慎，在每處排水孔上覆蓋濾網，擱上一組經爺爺施咒加持的三味薑片，甚至在馬桶水箱裡也放入薑片，要大家使用前先沖水，使用後放下馬桶蓋，擺上裝著三味薑片的濾網袋子，完全封死瓊姑仙可能偷襲的路徑。

家瑋站在窗邊望著底下院子，只見院子裡越來越多身影，或飄或走的聚來。

晚上八點，周爸爸湊近爺爺身旁，低聲問：「我和美玉是留在客廳陪你，還是進房裡待著？」

「今晚這平安夜宴可能會搞到很晚，」爺爺這麼說：「你們先進房吧，晚點我也會進房，這兒是你媽地盤，有她坐鎮，你別擔心。」

「好。」周爸爸和周媽媽稍稍整理了餐桌，新添上幾道小菜，便進屋了。

晚上九點，爺爺獨自坐在客廳泡茶，提著懷錶有一搭沒一搭的細語，乍看之下身影有些寂寥，但仔細聽他細語內容，似乎和奶奶和一干老友聊得頗爲熱絡。

晚上十點，全家輪流洗完澡，熄燈回房關門。

晚上十一點，本來已經睡著的黃齊，夢見了爸爸，顫抖驚醒，默默哽咽流淚，被黃萱和家宜聽見了他的啜泣聲，將他拉上床，讓他睡在兩人中間，要他別怕，閉上眼睛，很快就會天亮。

家瑋抱著一束薑葉，倚牆坐在窗邊地鋪上，他手機滑得累了，盯著被兩位姐姐安慰照顧的黃齊，心裡微微有些吃味。他閉上眼睛，隱約還能聽見熄了燈的客廳裡，平安夜宴各路賓客的暢聊聲。

似乎更熱鬧了。

時間一點一滴過去，家瑋也打起了瞌睡。

6.

「家瑋呀，伶姐說你模樣可愛，想再看看你，來，向伶姐打聲招呼。」

夢境裡，家瑋茫然望著奶奶，和奶奶身旁那漂亮女人。

女人朝家瑋微微一笑。

「伶姐好……」家瑋有些飄飄然的向那叫做伶姐的漂亮女人呵呵一笑。

「弟弟好。」伶姐微笑說，轉頭向奶奶說：「妳孫子就和妳小時候一樣可愛。」

「妳見過我奶奶小時候？」家瑋有些訝異。「伶姐妳……幾歲啊？」

「國曆二十六歲。」伶姐這麼說。「很久沒有再添歲數了。」

一旁奶奶微笑補充：「第一次見到伶姐時，我比你現在還小，那時我還不到九歲呢。」

「你奶奶救了我一命。」伶姐這麼說，突然又改口：「嗯，應該說，救了我的魂——」

那年某天，九歲的奶奶閒來無事，拉著在她家當小僕的爺爺上山玩耍，途中有間山神小廟，那小廟比人還矮上一截，小廟裡的小供桌下，擺著一個小罈，用紅線牢牢纏繞。

奶奶之所以會注意到那小罈，是因爲聽見了小罈裡傳出的呻吟聲。是伶姐的聲音。

原來伶姐被家鄉一個富少，夥同友人凌辱之後再被活活吊死，僞裝成自殺，伶姐慘死後成了厲鬼，去向那富少和友人復仇，先後吊死富少三個友人，嚇得那富少惶惶不可終日，每天把自己關在家裡，哪兒也不敢去。

富少家人請來一位厲害術士，布下天羅地網，降伏了伶姐。

那術士將伶姐封進施法過的小罈，放入山神廟桌下，讓她隨著時間被罈中術法燒得魂飛魄散。

奶奶令爺爺捧出小罈、扯開封印紅線、揭開罈蓋。

在爺爺眼中看來，小罈裡空空如也，除了幾張符籙、一些奇異藥材之外，什麼也沒有。

三天後，那術士橫死家中；六天後，富少死得更慘。

成功復仇的伶姐，事後悄悄探望奶奶，心想或許能替她做些什麼報答她，卻發現奶奶竟看得見她，且一點也不懼怕身爲厲鬼的她。

「過去我好幾次想報答你奶奶救魂之恩，總找不到機會，她年幼時家境富裕，什麼也不缺，長大之後，不知從哪兒學來一堆稀奇古怪的法術，也不需要我保護了。」伶姐摸了摸家瑋腦袋，說：「剛剛你奶奶說最近惹了隻女鬼要找你們家麻煩，那就讓我來收拾她吧。」

「伶姐，妳要替我們……」家瑋呆了呆，問：「收拾瓊姑仙？」

「瓊姑仙？」伶姐呵呵一笑。「是那女鬼名字？這什麼蠢笨名字！」

「她很凶耶！」家瑋舉起兩隻手，面露猙獰，模仿起瓊姑仙凶惡模樣。

「是嗎？等等你再看看——」伶姐彎腰矮身，捏捏家瑋臉蛋，笑著說：「是她凶，還是我凶？」

凌晨三點，家瑋睜開了眼睛，只覺得倚著牆睡了半天，身子有些僵硬痠疼。

他伸了個懶腰，抓抓臉，只覺得自己剛剛好像做了個夢，夢見了奶奶……和誰呢？

他思索半晌，也記不起夢境內容，突然見到姐姐家宜坐起身來，直勾勾望向敞開的房門——由於窗戶關著，因此開門透氣。

「怎麼了？」家瑋撐身站起。

「有點不對勁……」家宜警覺的撫著胸口的薑片香包，翻身下床，抄起床邊一束薑葉。

「啊？哪裡不對勁？」家瑋連忙也抓起薑葉和噴水壺，跟在姐姐身後。

「你沒聞到嗎？」

「聞到什麼？」

「屍臭。」

「屍臭？什麼意思？」

家宜解釋：「我昨天被瓊姑仙附身的時候，聞到的味道……」

「什麼？」家瑋喃喃問：「瓊姑仙來了？奶奶不是找了一堆朋友守在樓下？」

「……」家宜示意家瑋安靜，側耳傾聽，不知怎地，此時已經完全聽不到樓下動靜，好奇呢喃：「奶奶的朋友已經走了？現在幾點了？」

家宜從口袋掏出一只塑膠小袋，揭開倒出兩枚裹著糯米粉的手工薑糖，含入口中，壯著膽子踏出房門，走向樓梯間往底下瞧，只見陰暗客廳空無一人、也空無一鬼，就連奶奶也不在客廳。

家瑋則走回自己地鋪，拿起手機看時間。「三點了……奶奶帶著朋友去找瓊姑仙了嗎？」他思索自語間，轉頭望望窗外，駭然見到院子大門外，站著一個傴僂老婆婆。

老婆婆身形似真似幻、不停閃爍波動，猶如收訊不良的投影般——家瑋從未見過這樣的鬼。

「啊？」家瑋見到那老婆婆抬步往前，半走半飄的跨過大門，進入院子，卻被一個陡然現身的身影攔下。

正是周家奶奶。

周奶奶一手插腰、一手指著老婆婆，像是正斥責她隨意闖入民宅般。

儘管隔了段距離，但家瑋仍見到老婆婆似乎笑了，且不是一般的笑，而是恐怖獰笑。

老婆婆那身詭譎幻影身形陡地化爲一道流影，像是想繞過奶奶，突入透天厝；但同時，奶奶反應也快，一把抓住老婆婆手腕，隨著老婆婆一同在院子裡飛繞，拽著她不讓她進屋。

老婆婆單手一揚，拋出一陣虛幻符咒，一張張沾上奶奶全身；但生前修習異術、死後成爲家神的奶奶也不甘示弱，捻指結印唸咒，在老婆婆頭臉身軀點亮一枚枚咒印。

兩老在院子裡飛竄亂繞，施法牽制彼此，一時間誰也沒佔著上風。

但緊跟著下一刻，奶奶和怪異老婆婆從院子裡糾纏到對街，跟著打進更遠的田裡。

就在家瑋墊著腳尖努力觀望遠方戰局時，陡然又發現底下院子外，多了個漆黑身影，那身影拖曳著縷縷黑絲。

瓊姑仙來了。

瓊姑仙和昨晚一樣，一身褐黑袍子，十隻指甲烏黑尖長；和昨晚不同的是，此時瓊姑仙身後，還跟著七、八個古怪小鬼。

這些古怪小鬼們穿著破爛童裝或是幼兒園制服，隨著瓊姑仙走入小院，往透天厝步步逼近。

家瑋緊握著薑葉束，大氣也不敢喘一聲，只見瓊姑仙來到了透天厝樓下，還抬起頭往上瞧了瞧，牢牢盯住了他，朝他咧開一個恐怖厲笑。

「姐姐！」家瑋嚇得彈離窗邊，轉身放聲尖叫。「瓊姑仙來了——」

家宜站在房外樓梯上觀察客廳動靜，聽見房裡弟弟叫喊，果然見到客廳大門方向溢來一股怪氣，是瓊姑仙領著一群小鬼進屋了。

「爸！媽！爺爺——」家宜尖叫：「瓊姑仙進來了！奶奶——」

她尖叫幾聲，卻見爺爺和父母臥房都半掩著門，一點回應也沒有。

瓊姑仙走向樓梯，身後跟著的小鬼嘻嘻哈哈的散開，有些摸進父母房間、有些溜去爺爺房裡。

家宜嚇得衝回房裡，重重關上門，驚恐嚷嚷：「瓊姑仙怎麼進屋了？奶奶呢？」

「奶奶跟另一個老太婆打架，打進田裡了。」家瑋這麼說，跟著跳上床，大力搖晃黃齊和黃萱。「快起來！瓊姑仙來抓你們了！」

「萱萱、齊齊——」家宜扯開喉嚨叫喊黃家姐弟，隱隱覺得不對勁——黃萱和黃齊像是被下藥般怎麼也喊不醒。

門縫滲入了詭異屍味，瓊姑仙來到了門外。

儘管家宜在門把上掛上三只香包，但還是不放心的用背抵著門，生怕瓊姑仙破門而入。

「姐姐！」家瑋尖叫一聲，跳下床，舉起薑葉往家宜身上揮掃。

「你幹嘛？」家宜錯愕嚷嚷，但下一刻，她發現自己身子，竟纏上絲絲縷縷的黑髮——瓊姑仙的臉自門板上現形，彷如浮出水面般從家宜臉旁探鑽出門板。

「哇——」家宜驚恐尖叫想往前跑，但立時被穿門入房的兩隻怪手牢牢抱住。

家瑋舉著薑葉揮打那雙抱著姐姐腰腹的怪手，這些薑葉雖然經過爺爺唸咒加持，但威力似乎略顯不足，雖然在瓊姑仙一雙枯手上搧出淡淡光芒，但似乎無法逼她鬆手。

瓊姑仙緩緩轉頭，伸出長舌要舔家宜的臉，卻被家瑋舉起噴水瓶子，噴了滿臉三味薑湯。

同一時間，驚恐至極的家宜，也鼓著嘴巴，將咬碎了的薑糖連同滿口薑汁唾液，吐了瓊姑仙滿臉。

瓊姑仙雙手一鬆，放開了家宜，本來纏著家宜身子的黑髮，也因爲被三味薑汁濺著，漸漸鬆開。

家宜終於得以往前撲遠，踉蹌拉著家瑋遠離門邊。

瓊姑仙搖搖晃晃撞進房裡，不停抹去臉上薑汁和薑糖碎片。

「她怕爺爺煮的三味薑湯！」家瑋嚷嚷叫著：「可是爲什麼香包擋不住門？」

「啊！」家宜恍然大悟，對家瑋說：「香包只能擋著縫隙，沒辦法擋鬼穿牆，昨天瓊姑仙沒辦法進屋子，是因爲有奶奶鎮著房子牆壁門窗，你剛剛說奶奶和另一隻鬼打進田裡，所以……」

「什麼……」家瑋聽姐姐這麼說明，總算明白香包擋不住瓊姑仙的原因。

「那……那怎麼辦呢？」

家宜、家瑋舉著薑葉退到窗邊，眼見瓊姑仙甩去滿臉薑汁，氣呼呼的走到床邊，瞅著昏睡不醒的黃萱、黃齊咧嘴厲笑，儘管著急，卻也無計可施——一個國二女生和國小弟弟，要如何從厲鬼眼下救人呢？

黃萱睜開眼睛，坐了起來，呆愣愣的望著瓊姑仙。

一旁的黃齊仍舊沉沉睡著。

「請……瓊姑仙做事……」瓊姑仙歪著腦袋淌著舌頭，彎下腰湊近黃萱，笑呵呵的說：「要付出代價……」

「滾開，別碰她——」家宜尖叫一聲，舉著薑葉衝上去揮打瓊姑仙。

家瑋緊跟在後，一手噴水壺，一手薑葉束，跟在姐姐身後衝上去，像是對付難纏蟑螂般閉著眼睛亂噴亂打亂叫。「去死去死去死！」

瓊姑仙撇頭揚手，黑髮捲住家宜頸子、枯手掐住家瑋頸子，笑呵呵的望了望黃萱和黃齊，說：「兩個……變成……四個！嘻嘻。」

幾個小鬼湧到了瓊姑仙身後拍手歡呼，還搶下家瑋手中噴水壺和薑葉束，甚至拉拉家宜的手、扯扯家瑋耳朵，像是在慶祝瓊姑仙旗開得勝，又像是歡迎新伙伴加入己方一般。

一個小鬼上前戳了戳黃齊的腳，黃齊也睜開眼睛，面無表情的看著那小鬼。

又一個小鬼伸手拉玩黃萱耳朵。

黃萱轉頭瞧瞧那小鬼，嘴角勾起一抹冷笑，也伸手拽住小鬼耳朵，另一手唰地一巴掌像是網球名將擊球般，將小鬼轟得穿牆飛出了房間。

「嘎——」瓊姑仙呆愣了愣，放下家宜、家瑋，上前矮身伸手要抓黃萱。「妳……是誰啊？」

「老娘在江湖上混的時候……」黃萱嘻嘻一笑，臉上浮現出另一個女人面容，一個女人身影自黃萱身中竄出，牢牢扣住瓊姑仙雙手，將她飛壓上牆。「妳大概還在娘胎裡吧。」

「嘩——」家瑋不敢置信的望著飄浮在空中的那女人——正是剛剛平安夜宴上，那頭纏絲巾的漂亮女人。

在這瞬間，家瑋想起了剛剛瞌睡時的那個夢境。

眼前這漂亮女人，正是剛剛夢中的伶姐。

伶姐當真來和瓊姑仙比凶了。

「噫！」瓊姑仙被伶姐掐著脖子按在牆上，驚怒交加，身後黑髮暴竄，緊緊纏住伶姐頸子。

伶姐嘿嘿一笑，頭上碎花絲巾一揚起、伸長，反捲住瓊姑仙頸子，且越束越緊，且從容說著：「我以前是被勒死的，妳呢？妳也是被勒死的嗎？妳想和我比勒脖子？」

瓊姑仙一雙凶惡眼睛越瞪越大，頸子卻被伶姐的碎花絲巾越束越緊。

鬼不是人、不用呼吸、也不會因頸動脈受阻使大腦缺氧暈厥，因此即便瓊姑仙的頸子被絲巾勒成了成人手腕一般粗，依舊醒著，齜牙咧嘴的奮力掙扎。

下一刻，瓊姑仙那手腕粗細的頸子、又被勒成酒瓶瓶頸粗細、然後是筷子粗細，再然後，整顆頭給勒了下來，和身子分家了。

伶姐哈哈一笑，鬆開一手，揪住瓊姑仙腦袋頭髮，見瓊姑仙咧開大嘴一副想咬人的樣子，便也猙獰一笑，現出凶容，一張嘴裡上下兩排牙化爲三角形，像是鯊魚牙齒一般，喀吱一咬，咬去瓊姑仙半邊臉，嘎吱嘎吱吃了起來。

「喝！」家宜、家瑋見那窮凶極惡的瓊姑仙，竟讓橫空殺出的伶姐用更凶更狠的手段勒斷腦袋、提在手上吃，可嚇得一個字也說不出來。

伶姐吃下瓊姑仙大半邊臉，像是飽了，將瓊姑仙身子和剩餘腦袋，折折疊疊，綁成一袋垃圾一般提在手上，這才用絲巾拭拭嘴角，微笑轉身，恢復先前淑女姿態，對家宜、家瑋點頭微笑。

「謝……謝謝妳……」家宜強忍著恐懼向伶姐道謝。「這位……姐姐，妳是……奶奶的朋友對吧，謝謝妳留下來幫忙，要不是妳……」

「妳誤會了。」伶姐呵呵一笑。「不是我留下來，是大家都沒走呀，今晚賓客一直守著你們家，聽妳奶奶發號施令呢。」

十分鐘前。

奶奶剛和醜婆越打越遠，瓊姑仙剛領著小鬼踏入院子。

爺爺和周爸周媽都沉沉睡著，一點也不知道，院子裡的動靜，也不知道瓊姑仙來了。

瓊姑仙沒有直接找爺爺或是周爸周媽麻煩，而是直接上樓。

瓊姑仙只對小孩感興趣，因此她只是隨意指了指，令身後小鬼進房處置爺爺和周爸周媽。

三隻小鬼闖入周爸周媽房間，鬼鬼祟祟逼近床上兩人，剛剛攀上床，陡然被床下伸出的十來隻手抓個正著，唰地拖進了床底。

另兩隻小鬼，則來到爺爺房間，卻見到爺爺床沿坐著個老人，臂彎裡還抱著個小男孩。

老人看來有些貴氣，像是有錢老闆一般，一見小鬼們進來，立時放下臂彎裡的小男孩，自個兒捲起袖子，扠腰對著小鬼說：「就是你們來鬧事？你們不知道這家奶奶有多凶嗎？你們不怕她放火燒烤你們？不怕餵你們吃薑母鴨？」

「哼！」一個小鬼不理老人，想要上床掐爺爺，被那老人一把拎起，啪啪搧了兩巴掌。

「死小孩子，大人講話你要聽哪！」老人怒叱那小鬼。

另一個小鬼見苗頭不對，轉身想逃，卻見門外已經堵著幾隻陌生大鬼——平安夜宴尚未散場，賓客們也並未離開，而是一直守在家中各處，聽從奶奶號令，等待瓊姑仙上門。

也因爲如此，奶奶才敢上院子裡和醜婆捉對單挑，甚至一路打進田裡。

「爺爺！」「爸、媽——」

家宜、家瑋磅磅奔下樓，正要開燈，便見到奶奶進屋了。

奶奶手上，還提著一捆東西——是個被綁成球狀的人形東西。

「奶奶……」家宜驚訝問：「妳手上提著什麼東西？」

「這個啊……」奶奶笑了笑，瞅了手上那東西一眼，說：「她就是指揮那瓊姑仙害人的法師。」

「法師？」「是醜婆？」家宜、家瑋驚訝問：「她也是鬼？」

「不。」奶奶搖搖頭，說：「這不是鬼，這是生靈——有些法師懂得生靈出竅，裝成遊魂神出鬼沒，幹些見不得人的事。」

「生靈？」家宜驚訝問：「所以這醜婆另外還有具身體？她是活人？」

「今天之前，她是活人。」奶奶哼哼的說：「過兩天是死是活，就不知道了——這婆娘用邪法養鬼害人，連孩子都不放過，現在她生靈被我逮著了，我是不會這麼放她回去的，我會帶她去廟裡，交給神明發落。」

奶奶這麼說的同時，爺爺和爸媽房間，走出一個個「老朋友」，有些還押著瓊姑仙帶來的小鬼們。

家瑋見到爺爺房裡走出的那老人，哇了一聲，指著老人喊：「王老爺子！是你啊，你也來我家啦？」

「哼！」王老爺子見了家瑋，對跟在身後的小男孩，說：「你千萬別學那小子，從早到晚抱著個手機不放，連我準備的零食都不吃，哼。」

今年清明時，家瑋曾被這王老爺子拐騙上山，王老爺子希望家瑋陪自己聊天作伴，但家瑋只顧著打手機遊戲。

後來奶奶找上門來，嚇得王老爺子不得不放人。

奶奶介紹了一個受虐至死的孩童小鬼給王老爺子，讓王老爺子收爲乾孫子，一老一小兩隻鬼相依爲命。

王老爺子從其他遊魂口中得知今晚奶奶大宴四方，便也下山湊湊熱鬧，順便瞧瞧祖孫三代都被他拐騙過的周家，又鬧出什麼趣事。

太陽出來了。

黃萱、黃齊早早起了床，折妥了棉被，呆愣愣的在房裡待著。

周爸、周媽一齊上樓，喊醒了家宜和家瑋，說奶奶託夢告訴大家，沒事了，瓊姑仙和醜婆都已經被奶奶聯手老朋友制伏了。

家宜、家瑋大大打了個哈欠，說之前天還沒亮的時候，他們就知道了。

周爸好奇問他們怎麼知道的，家瑋呼哈一聲，抄起手邊一束薑葉比劃半晌，決定從他打瞌睡那個夢境開始說起。

「奶奶有個朋友叫做伶姐，伶姐好漂亮啊，比我姐漂亮兩千六百萬倍，可是她很可憐，奶奶九歲就認識伶姐了……欸，你們有沒有聽我說話？」

家瑋說得口沫橫飛，可他偏偏沒有說故事的天分，儘管回憶起先前整段夢境，但講得七零八落，沒人有興趣聽他繼續說，跟著周媽下樓準備吃早餐，等著聽爺爺來詳述昨晚經過。

家瑋氣呼呼的追在後頭，喊著爸爸，說：「爸，我昨天還見到王老爺子了！」

「王老爺子？他怎麼可能來？你做夢吧！」爸爸不可置信的說。

「是眞的！我不是做夢，王老爺子眞的來了！」家瑋大聲抗議。

「聽你鬼扯！」爸爸乾笑兩聲。「你睡昏頭了？」

「哼！」家瑋氣得大喊家宜：「姐——妳幫我作證，昨天王老爺子是不是有來？妳也看到了！」

「誰理你！」家宜懶洋洋的打了個哈欠，抓抓頭說：「你去找那個比我漂亮兩千六百萬倍的姐姐替你作證吧，白癡。」

第三篇

不要褻瀆聖誕老人

龍雲

1.

小寶猛然從惡夢中驚醒，房間裡面是一片暗紅。

小小的心臟在他的胸膛裡面激烈跳動，他不記得自己到底爲什麼這麼害怕，只知道現在的他，需要一點親情的慰藉。

他爬下床，哭喪著臉，朝著門口走去。

他一直都不喜歡這個媽媽留給他的紅色睡前燈，如果是爸爸的話，一定會讓他開書桌上的小燈，讓他不至於像現在這樣突然醒來時，感到詭異與害怕。

他到了門口，踮起腳尖按下大燈的開關，房間裡面頓時亮了起來。

雖然明亮的燈光，給他的心靈帶來了些許安心感，但是那恐懼又悲傷的感覺卻仍然縈繞在他的心中，久久未曾散去。

說來眞的很諷刺，今天晚上是平安夜，一個理應最安詳、和平的夜晚，但是小寶卻感覺到無比的驚恐。

過了一會兒之後，小寶強忍著心中的恐懼與不安，決定開門去找媽媽。

他打開門，走廊是一片漆黑，他將門推開，讓房間裡面的燈光可以照亮他通往媽媽房間的路。

他深呼吸一口氣，鼓足了勇氣跑到媽媽的房門前，房門緊閉，他想要開門，一轉之下卻發現門鎖住了。

這是個錯誤的決定，如今宛如驚弓之鳥的他，卻只能一個人在這昏暗恐怖的走廊上瑟瑟發抖。

房間裡面，傳來一陣媽媽發出來的怪聲，此刻聽起來更像是在裡面遇到更恐怖的事情一樣嚎叫著。

他知道，叔叔又來了，只要叔叔來的時候，媽媽的房門都會鎖起來，然後在房間裡面發出這樣的怪聲。

而現在他又需要面對另外一個抉擇，到底該轉身逃回自己光線充足的房內？還是敲門尋求聽起來比自己還驚恐的媽媽慰藉？

正當小寶還在考慮這個堪稱人生以來最大難題的同時，他眼角的餘光，突然看到了一個奇怪的東西。

雖然此刻的他，一點風吹草動恐怕都可以嚇破他小小的膽，但是他還是緩緩的將頭轉過去，往客廳的方向看。

從媽媽房門的角度，只能看到客廳的一部分，兩邊走廊牆壁限縮了小寶的視線。

客廳裡面一片漆黑，只剩下窗外透進來的光線，勉強描繪出一些輪廓。

看起來一切正常，並沒有什麼異狀……

就當小寶這麼想的時候，一個東西突然晃進了小寶的視野，小寶嚇到縮了起來。那東西晃進來之後，很快就晃了出去。小寶根本沒看清楚那晃進來的東西是什麼，只知道是條長長的、大大的東西。

不過因爲那東西稍縱即逝，小寶只是縮著肩、張著嘴，就好像在等待著那東西再度出現一樣。

結果正如小寶預期，那東西又再度晃進了小寶的視線之中，這一次有所準備的小寶，終於看清楚了那東西的眞面目了，與此同時，小寶原本就已經張大的嘴巴，也彷彿解放般發出了淒厲的叫聲。

小寶立刻轉身，一邊叫著，一邊用力搥著媽媽的門。

伴隨著小寶的叫聲與搥門聲，媽媽的怪聲也瞬間停住，但是房門並沒有開啓，而是過了好一陣子，小寶都叫到沒聲之後，才猛然打了開來。

一看到媽媽，小寶立刻撲到媽媽的懷抱之中，然後用手指著客廳的方向，說出自己看到的東西。

「有腳！空中！腳在飛！」年幼的小寶這麼叫著。

這時衣衫不整、只穿著一條內褲的叔叔，也跑了過來，在媽媽眼神的驅使之下，前往客廳查看。

過了一會兒之後，客廳傳來叔叔淒厲的叫聲。

媽媽也慌了，雖然有點猶豫，但還是踏出了房門，想要去客廳看看到底是怎麼回事。

小寶抓著媽媽的睡袍，躲在媽媽身後來到了客廳，然後就看到了那個景象。

一個身穿著聖誕老公公裝的人，吊死在客廳的天花板上。

媽媽也叫了出來，轉過身來立刻抱住了小寶，不讓他看到如此恐怖的畫面。

但是為時已晚，在小寶被媽媽抱在懷中前，他認出了那個聖誕老公公的臉，是他熟悉但是現在卻恐怖的——爸爸的臉。

即便媽媽用力抱緊了小寶，不讓他看到這恐怖的一幕，但是嚇到愣住的小寶，還是在自己的眼角餘光中，看到爸爸那雙懸在半空中左右懸晃的腳……

2.

陳紹華坐在餐廳裡面，看著其他桌的情況，心情煩悶到了極點。

今天是平安夜，所以餐廳裡面其他桌都坐著一對又一對親密又歡樂的情侶，讓他看得是十分刺眼。

不知道從什麼時候開始，聖誕節變成了比情人節還要重要的情人節日，紹華記得自己看過一篇報導，據日本媒體還是哪裡統計，一年之中最容易失身的日子，就是聖誕節與情人節。

想到這裡，更讓紹華感覺到鬱悶，看著其他桌的男人，心中不免升起了一股淡淡的怨念。

雖然說紹華也是在等著自己的情侶小艾，不過情況一點都不像其他桌的情侶那麼甜蜜，紹華甚至認爲今天很可能就是小艾要跟自己提出分手的日子。

兩人交往將近一年的時間，但是最近紹華感覺到，小艾似乎有點情緒化，總是拿些小事來爭吵，導致兩人在最近這段時間裡面，爭執不斷。

上個禮拜，又是差不多的戲碼，兩人爲了一點小事起了衝突，結果就是兩人一整個禮拜都沒有聯絡。就在紹華覺得自己可能要「單身」度過聖誕甚至新年的時候，小艾聯絡自己，約在這家餐廳見面。

雖然小艾什麼都沒有說，表示要見面再談，但是紹華已經在心中模擬了各種場面，其中當然也包含了分手在內、自己該不該挽回等等。

不過自己得要坐在這裡看著其他情侶放閃，倒是紹華完全沒有想到的事情。因此他也抖著自己的雙腳，壓抑著內心的煩躁，靜靜等待著遲到成性的小艾出現。

還好，今天不如以往，差不多距離約定時間只過了十分鐘，小艾的身影就出現在餐廳門外。

一看到小艾，紹華感覺到有點驚訝，兩人不過一個禮拜的時間不見，但是此刻小艾的狀況，糟糕到讓紹華有點認不出來了。

只見小艾原本白皙的皮膚顯得十分暗沉，失去了光澤，雙眼圍著一圈黑眼圈，整個人看起來也消瘦了不少，讓原本小艾最引以爲傲且動人的大眼睛，變得有點外凸，看起來確實有點嚇人。

這樣劇烈的變化，讓紹華忍不住在小艾坐下來就問道：「妳還好嗎？發生什麼事情了嗎？」

小艾看起來驚魂未定，坐下來之後，就用兩手放在自己的雙頰，食指頂著太陽穴，看起來好像是頭痛一樣。

「身體不舒服嗎？」

小艾搖搖頭，努了努下巴示意兩人先點餐，兩人點了餐之後，終於有了機會可以好好談。

小艾一開始還有點欲言又止，經過一段掙扎，直到餐點都已經送到兩人面前，小艾才把今天約兩人出來的原因與目的說了出來。

在今天的約會之前，紹華確實已經想過了各種可能性，從小艾道歉到提出分手，但是結果小艾說出來的話，卻遠遠超過紹華所能想像的範圍。

「我不太懂妳的意思，」紹華一臉狐疑的整理剛剛接收到的訊息：「妳說妳的眼角餘光，一直看到一個身影，讓妳非常困擾？」

小艾依然用雙手撐著雙頰，點了點頭。

「這就是妳一直用手遮著……的原因？」

小艾用力點頭。

「那妳有沒有看清楚那身影到底是誰？」

「沒有，」小艾說：「只要我將視線轉過去，那身影就不見了，然後等到我不注意的時候，那身影又會出現在我眼角的餘光。」

雖然小艾的狀況與模樣，確實讓紹華感覺到不安與擔心，不過實際上聽到小艾說的話，還是讓紹華感到困惑。畢竟此刻兩人所在的環境，也有無數的男女出現在自己的眼角餘光中，自己卻沒有感覺到什麼不妥。

人的視覺可以看的範圍差不多一百五十度，幾乎整個正面都在視線所及的範圍，身處在人群之中，不可能沒有人會出現在餘光之中。所以光是餘光看到一個身影，就讓小艾彷彿精神逼近崩潰，還是讓紹華感覺到不解。

「妳有去看眼科嗎？」紹華說：「我覺得妳有點反應過度了。」

聽到紹華這麼說，小艾立刻瞪大雙眼，一臉慍怒的說：「你不相信我說的話嗎？」

「我沒有不信，」紹華說：「我是說妳會不會太反應過度，如果是看到一個身影，沒有必要這麼……誇張吧？我現在眼角的餘光也看到很多身影啊，我也沒有那麼……」

紹華本來想要說歇斯底里，但是考量到現在小艾的狀況，最後還是硬生生把這四個字給吞回肚子裡。

「那是因爲……那個身影很恐怖！」小艾仍然用雙手遮住自己的眼角餘光，

壓低聲音說。

紹華挑眉，等待著小艾說下去。

「那身影看起來……」小艾頓了一會兒說：「像是一個無頭的聖誕老人。」

聽到小艾這麼說，紹華也愣住了。

「這身影還眞是趕流行啊。」紹華似笑非笑的說。

「你不要鬧好不好，我是眞的很害怕啊！」小艾急到快哭了。

兩人交往多時，看到小艾的模樣，紹華知道不管事情聽起來有多麼荒謬，至少小艾是眞的嚇到了，所以開玩笑之後，立刻認眞的問了下去。

「妳是什麼時候開始……這樣？」

「大概是上個禮拜天，」小艾哭喪著臉說：「開始看到的。」

紹華想了一下，上個禮拜三左右，兩人大吵了一架，然後這一個禮拜，都沒有聯絡。

「會不會是最近街上都是聖誕節的東西，」紹華提出了一個合理的推論：「才讓妳有這樣的錯覺？」

「當然不是，」小艾說：「我連在沒有聖誕節東西的地方，像是我家附近那個公園，都會看到那個身影。」

紹華搔搔頭，本來想說這不足以證明妳不是受到影響，說不定就是看多了之後，那種視覺殘留在自己的眼中，才會有這樣錯覺。

「我覺得……會不會是我可能做了些對聖誕老人不敬的事情，所以才會……」

聽到小艾這麼說，紹華瞬間無言笑著說：「妳有做什麼褻瀆聖誕老人的事情嗎？」

雖然紹華以開玩笑的口吻說，但是小艾頓時沉下了臉，似乎有點想要迴避這個問題。以過往的經驗來說，紹華知道只要自己追問下去，可能又是一頓爭吵。現在這個節骨眼上，無謂再製造其他的爭端。尤其在這座無虛席的餐廳中，他可不想要在眾人面前丟臉。

意識到這點的紹華，這時赫然發現，兩人討論似乎有點大聲，加上反覆提到聖誕老人的事情，好像已經引起了其他人的注意，這讓紹華感到不舒服，希望可以快點結束這荒唐的話題。

「妳找我出來，應該不是爲了跟我說這件事情而已吧？所以妳希望我怎麼做？陪妳去醫院還是……」

紹華本來想要接著說帶妳去驅邪，不過考量到這可能更進一步刺激到對方，所以沒有說出口。

「今天是星期四，」小艾說：「你也知道，明天就是……他的節日。我今天真的很害怕，我擔心……所以我希望你可以跟我回家，至少今天，可以陪陪我。」

「明天還要上班……」紹華吐了口氣：「好啦，我知道了，我今天陪妳。」

雖然說還沒有辦法接受小艾的說法，甚至感覺到小艾似乎有所隱瞞，但是紹華最後還是決定，答應小艾的請求。至少今天，陪她撐過去再說吧。

只要熬過今晚，紹華決定就算是逼、也要逼小艾去看醫生。

什麼無頭的聖誕老人？荒謬。紹華此刻的心中這麼想著。

3.

雖然對於小艾的說詞，紹華還是半信半疑，但是對於小艾嚇壞的這個事實，紹華已經沒有半點懷疑。

陪著小艾回家後，紹華安慰著嚇壞的小艾。

小艾哭訴著這幾天，因爲餘光看到的那個身影，讓她根本沒辦法好好睡覺，即便閉上眼睛，也覺得那身影彷彿就在一片漆黑的視線中，跟白天一樣凝視著自己。

已經失眠多日的小艾，在紹華的陪伴之下，終於沉沉的睡去。

看到小艾這模樣，讓紹華感覺到些微內疚與心痛，就是因爲兩人上禮拜的吵架，才讓小艾需要單獨面對這一切。今天也是在極度無助的情況之下，才會特別打電話給他，希望他可以陪自己面對這恐怖的一天。

雖然對於餘光看到身影這件事情，紹華還是傾向於眼睛不知道有了什麼病變，應該要盡早去看醫生。

不過今晚紹華還是決定好好陪在自己女友身邊，等到明天早上一切都過去後，再陪她一起去看醫生。

由於明天還要上班，所以他也閉上眼睛，索性就直接坐在沙發上睡了。不知道睡了多久，紹華突然醒來，結果原本躺在自己身邊的小艾，已經不知去向。

紹華心想，應該是小艾覺得沙發不舒服，所以跑去房間裡面睡了吧？

他站起身，正準備去房間看看小艾的狀況，突然感覺到一陣尿意襲來，因此打算先解放一下自己的膀胱。

他轉身朝廁所走去，經過了敞開的大門，進到了廁所……

等等，敞開的大門？

進廁所的時候，紹華眼角餘光看到了大門的方向，不只好像看到了走廊，還看到了一個人影，大門似乎是開著的。

這讓紹華頓時停下了腳步，尿意也瞬間消散，頭皮整個發麻。

他緩緩的轉過身，然後將頭探出了廁所，果然剛剛自己沒有看錯，此刻小艾家的門是大開的，而且確實有個身影就站在門外。

這詭異至極的情況，讓紹華瞬間毛骨悚然，定睛一看，才發現那個身影並不是別人，而是小艾。

即便如此，半夜時分把大門打開，然後站在門外，怎麼樣都不是一個讓人可以理解的狀況。

「妳在搞什麼啊？」紹華壓低聲音問小艾：「現在幾點了，妳在外面幹嘛啊？」

小艾一臉驚恐，瞪大雙眼看著屋內，但是卻不是看著紹華，這模樣更讓人感覺到害怕。

「快進來啊。」紹華揮著手，要小艾進來。

但是小艾並沒有照著紹華說的行動，仍然是看著屋內，並且緩緩的舉起了右手。

小艾用手指著紹華身後的屋內，讓他頓時也感覺到背脊發涼，猛然一回頭，只見屋子裡面什麼都沒有，一切正常。

回過頭來，正打算催促小艾進屋，結果小艾幽幽的先開了口。

「他在屋子裡面了……」小艾的聲調尖銳，聽起來更加詭譎。

這句話瞬間讓原本消散的尿意，差點一湧而出，讓紹華失禁。不過他還是捧著自己的肚子，強壓下這股尿意，對小艾說：「先進來再說啦。」

眼看小艾都沒有動作，讓紹華再也忍不住，打算出去把小艾拉進來，結果才剛踏出一步，小艾突然轉頭看向左邊的走廊，下一秒鐘，一個飛快的身影從左邊竄出來，直接撞上小艾之後，雙雙就這樣朝右邊飛去，瞬間消失在紹華的視野之中。

這一切來得又急又快，紹華完全來不及反應，只能眼睜睜看著那身影撞上小艾。不過這還不是最讓紹華驚訝與恐懼的，而是那稍縱即逝的身影，看起來眞的像是小艾一直強調、自己一直不相信的——無頭聖誕老公公。

當然，因爲速度實在太快了，就連紹華自己也不敢肯定，自己所看到的，眞的就是一個無頭的聖誕老公公。不過就是因爲聽到了小艾不停強調，所以乍看之下，還眞的有點像。

紹華愣在原地，腦袋裡面一片空白，過了不知道多久之後，才勉強回過神來。他屏住氣息，一步步朝門口走去。每走一步，紹華都感覺自己的心臟就快要跳出來。好不容易熬到了門口，他深呼吸了好幾口氣，才敢把頭探出來，朝身影剛剛撲過去的方向看。

小艾承租的地方，是一棟集合式的社區大樓，每一層樓都有十幾戶人家，不管是逃生梯還是電梯，都是在相反的方向，換句話說，那身影將小艾撲過去的方向，除了一扇扇通往其他戶人家的大門之外，就沒有其他可以離開這個樓層的通道，完全是死路狀態。

但是當紹華探出頭去，一眼直望到了走廊的盡頭，卻沒有看到半個身影——沒有小艾，也沒有那個看似無頭的聖誕老人。

就這樣愣愣的盯著空無一人的走廊半晌，紹華才想到要打電話求救。

他奔回屋內，拿起自己的手機，二話不說立刻報警。

4.

警方接獲了紹華的報案後，不到半小時就出現在小艾家門口。

紹華將事情告訴了警方，關於自己女友最近飽受「無頭聖誕老人」的驚嚇，要求自己來家裡陪她，接著又在自己的眼前，被一個疑似「無頭聖誕老人」的身影給擄走。也不管警方相不相信，會不會認爲自己精神錯亂，紹華全部一股腦兒都告訴了警方。

警方看紹華的精神狀況不穩，要他冷靜一點，然後先去樓下讓另外一位警員幫他做筆錄，找人的事情就交給警方。

紹華照著警方所說的話，離開了小艾的家，準備坐電梯到樓下，跟守在樓下的警員報到，然後極可能需要再重複把自己剛剛跟警員說的話重新說過一遍。

不過在警方趕來之後，紹華也稍微冷靜下來了。

只要把自己知道的事情，都告訴警方，然後警方一定可以解決的，不管那個身影到底是人還是鬼，相信警方應該都能夠查個水落石出。

好笑的是，就連紹華自己都不知道，他什麼時候這麼相信警方了。

只是比起自己來說，警方絕對可靠多了，所以現在也只能盡可能配合警方，看看能不能找到小艾的蹤跡再說吧。

這麼想的同時，電梯到了，紹華走進電梯裡面，按下一樓。

電梯的門緩緩的關上，而就在完全關上的那一瞬間，透過小小的縫隙之中，紹華看到了一個身影，就站在走廊上，彷彿在看著自己這邊。不過更讓紹華驚訝的是，那身影似乎就是那個「無頭的聖誕老人」。

就在紹華反應過來，打算按下開門鈕的時候，他的手卻突然頓住。

電梯門關了起來，電梯也緩緩的向下。

紹華的手之所以突然頓住，沒有按下開門鈕，倒不是因爲意識到如果貿然打開電梯門，對方會不會突然攻擊自己，而是……

在準備按鈕的時候，他眼角的餘光，突然看到了一個恐怖的身影，就站在自己的身旁……

紹華這輩子從來不曾那麼害怕過，因爲那個身影十分靠近自己，因此自己即便用眼角的餘光，也看得很清楚，那身影的身上，確實穿著聖誕老人的衣服。

這讓紹華頓時不敢妄動，就連眼珠都不敢動，空白的腦海之中，驀然浮現出小艾說過的話，只要自己視線移正，直視著他，他就會突然消失。

於是，紹華深呼吸一口氣，鼓起心中最後的勇氣，猛然轉過頭去——對方並沒有消失，這下紹華眞的看清楚了，對方眞的是個無頭的聖誕老人……

認知到這個事實之後，紹華臉色驟變，張大了嘴叫出人生最淒慘、也是最後的哀號。

電梯抵達一樓，電梯門緩緩打了開來，正在對話的警察與管理員，都停了下來，看向電梯，不過電梯裡面空無一人。

至於樓上的警員，雖然說紹華的說詞有許多値得質疑的地方，但是整體來說，狀況還算蠻容易理解的。

所以警方這邊在紹華離開之後，立刻展開行動，姑且不論「無頭的聖誕老人」是否存在，但是對方在紹華的面前擄走了小艾，是個不爭的事實。

所以警方這邊不敢怠慢，先是搜過了小艾的住所，同時也依據紹華的說詞，對走廊右側的所有住戶，展開了搜索。吵醒一堆住戶的結果，仍然是一無所獲，小艾就這樣彷彿人間蒸發一般，消失了蹤跡。

爲了可以釐清案情，警方這邊決定再次偵訊紹華，結果當樓上的警員聯絡在樓下駐守的警員時，才赫然發現紹華並沒有照警員的指示，到樓下去找他們報到。

由於社區大樓的出入場所有限，而且在報案之後，警方就已經有派人在三個出入口看守，紹華根本沒辦法逃出去才對。所以警方再度展開搜索，希望可以找到紹華。

結果有別於上次找尋小艾的情況，這一次搜索紹華的任務，幾乎第一時間就已經完成了。警方回到了小艾的家中，就發現了紹華。他已經在小艾的住所上吊自殺，等到警方發現他的時候，早已經失去了生命跡象。

而紹華的死，也爲這個一點也不平安的平安夜，拉開了序幕。

5.

負責紹華案件的警員們，在平安夜的時候獲報趕往現場，結果回到分局的時候，已經是聖誕節當天的早晨。

這起案件雖然就結果來說已經結束了，但是大家知道其實才正要開始，畢竟需要釐清的事情太多了。

小艾到底人在哪裡？紹華輕生的原因，是不是畏罪自殺？那個供詞中的無頭聖誕老人，到底是瞎掰出來的還是眞有其事？

從鄰居口中得知，兩人交往了好一陣子，不過期間似乎爭吵不斷，或許兩人今晚就是因爲嫌隙，產生了爭吵之後，男方殺死了女方，然後把屍體藏起來，接著報警掰出了一個無頭聖誕老人的故事，爲了誤導警方。至於最後之所以上吊，就是因爲逃不過內心的譴責，畏罪自殺的結果。

這或許是在這一片混亂之中，最合情合理的推論，只是裡面還有很多需要查證以及釐清的問題。像是現在還沒有找到女方的蹤跡、現場可能還需要採證等等，都是接下來需要去進行的工作。

因此雖然案件暫時告一段落，但是眞正的工作可能現在才正要開始。

然而即便大家討論之後，有了這個比較理性的說法，但是對於紹華所說的那些話，以及他突然上吊這件事情，都讓大夥心中有點不太舒服；尤其是反覆出現的那個「無頭的聖誕老人」，更讓大家覺得有點毛毛的。

回到分局之後，大家都身心俱疲，結果另外一個也同樣交班的分隊，也在差不多的時間回來。雙方在休息室遇到，結果新回來的分隊淡淡一句話：

「什麼無頭的聖誕老人，眞是個瘋子！」

這句話，讓原本都癱坐在位置上的同僚，一起跳了起來。

一問之下才知道，原來在眾人出勤之後，分局又接獲一起報案電話，有名男子聲稱自己被一個「無頭的聖誕老人」追殺。雖然說詞荒謬，但是身爲人民保母還是得要前往了解一下情況。

結果到了現場按門鈴，對方卻完全沒有回應，正準備離開卻傳來附近鄰居的證詞，聲稱有聽到男子的尖叫聲。於是警方沒辦法，只能找來鎖匠試圖開門，結果折騰了一會兒之後，終於成功開門進入屋內，然而男子已經在客廳上吊身亡。

警方立刻封鎖現場，並對現場進行初步的勘驗，屋內沒有任何外力入侵以及打鬥掙扎的痕跡，因此即便有了那通報警的電話，現場也沒有遺留下遺書，警方還是只能初步判定是自殺。

有鑑於對方報警時，歇斯底里的精神狀況，警方在通知家屬之後，也可能會請法醫驗屍，男子會不會是因爲吸食什麼毒品才形成這樣的精神狀態。

對這個前往處理的警員們來說，這案件除了被害者自稱被「無頭的聖誕老人」追殺之外，似乎沒有什麼太大的詭異之處。畢竟這年頭，各式各樣的神經病都有，還有自稱被外星人盯上的，只是個無頭的聖誕老人，倒是沒什麼好大驚小怪的。

但是對於那些前往紹華處的警員來說，卻是有些似乎不太說得通的情況，讓人不免感覺有點毛。

「關於那個無頭的聖誕老人，他還有說些什麼嗎？」負責紹華那邊的警員追問。

「我們這邊不是直接跟他聯絡的人，我們到現場他已經上吊了，不過我記得好像有提到什麼，因爲他褻瀆了聖誕老人，所以現在被無頭的聖誕老人追殺……」

此話一出，立刻讓許多警員不約而同的說：「褻瀆？」

「我們台灣有聖誕老人的廟嗎？」

「等等，聖誕老人算……神嗎？」

「怎麼個褻瀆法？」

「我怎麼知道，對方又沒說。」

眾人對於所謂的「褻瀆」不太能夠理解，七嘴八舌的討論了一會兒。畢竟他們實在想不到，到底做了什麼事情，會去褻瀆到這個能不能被定義爲神明的聖誕老人。

討論沒有結果，不過可以確定的是，這兩起案件最後都以上吊告終，而且兩人在死前，都不只一次提到了無頭的聖誕老人……

對前往紹華那邊的組員來說，明明在幾個小時前，聽到會覺得好笑的東西，幾個小時後，卻讓他們雞皮疙瘩掉滿地。

「這是什麼新的網路流行用語還是迷因嗎？」

幾個比較年輕的警員這麼推論，但是上網查詢卻沒有相關的東西。

眼看似乎沒有什麼結果，這時另外一個警員想到了另外一件事情。

「喔，對了，在我們準備收隊的時候，還有另外一個分局的人，突然跑來。」

「跑來幹嘛？」

「他說是要找一件聖誕老人的衣服。」

「啊？」

雖然說昨天是平安夜，今天是聖誕節，但是聖誕老人出現的頻率似乎有點太頻繁了。

「死者的房子裡面，確實有一套聖誕老人裝，而這套衣服，好像是從一個服裝出租店裡面偷出來的。」

「這算……褻瀆聖誕老人嗎？」

所有人都不自覺的側了頭，實在想不到這兩起案件有什麼關聯，所謂的無頭的聖誕老人，又是怎麼回事？

6.

上個禮拜六——

自從台灣取消了行憲紀念日之後，聖誕節除非是遇到了周末假日，不然聖誕節放假這件事情已成追憶。

對這家開在台北鬧區的服裝出租店來說，除了幾個重要的活動之外，固定的節日也可以算是他們生意最旺的日子，其中也包含聖誕節。

店裡面有一整櫃的聖誕老人裝，從尺寸到花樣，甚至還有特別讓女性穿起來有點俏皮的款式一應俱全。不過即便如此，每每到了聖誕節，總是供不應求，常常都是節日前一個月，就幾乎被訂滿了。

由於聖誕節已經不再是假日，因此在耶誕前一週的周末，反而成了最熱門的時期。昨天星期五晚上人潮絡繹不絕，所有訂聖誕老人裝的顧客陸續前來領貨，甚至一些沒有預定的也想來碰碰運氣，看看能不能租到。

處理訂單加上一堆尺寸不合，這個想換帽子、那個想換襪子，忙得店員小許真的是差點暈過去。等過了這個周末，下禮拜一開始還服裝時，同樣的情況又得要再上演一遍！

不過至少今天可以稍微喘口氣，這樣的一點小確幸，還是讓小許感到有點樂在其中。

拉開鐵門的時候，小許的心情十分愉快，準備開始一天的例行工作。雖然說下禮拜做完，應該就會跟老闆提離職，不過當一天和尚撞一天鐘，這點職業道德他還是有的。

開店後差不多一個小時，老闆阿強也到店，兩人打了聲招呼之後，阿強就逕自走向後面的辦公室。他的辦公室位於倉庫的最後面，而在辦公室門口旁，有一個架起來的神桌，上面祭拜著一尊神像。老闆開門進辦公室，眼角的餘光看到了那神桌，與那口放在神桌下大開的箱子。

老闆先是一愣，然後猛然轉頭看向那個箱子，下一秒鐘，老闆的口中立刻迸發出與他微胖身材完全不搭的慘叫聲。

叫完之後沒等小許過來查看，老闆二話不說衝到櫃檯。

「神桌下面！」老闆氣極敗壞的指著神桌的方向：「那個箱子！」

「怎麼了嗎？」小許一臉不解。

「那箱子空了！我不是說那件絕對不能租出去嗎！」老闆咆哮。

「我沒有啊，」說話的同時小許在電腦鍵入了編號，電腦螢幕立刻顯示編號服裝的狀態，小許用手指著螢幕上的那欄寫著「在店」說：「老闆你自己看。」

老闆湊過來一看，確實這個箱子裡面裝的衣服在電腦上的紀錄顯示沒有租借出去。

「那怎麼會空了呢？」

小許聳聳肩，然後突然想到了什麼說道：「啊，對了，昨天快打烊的時候，有個人跑來說要租聖誕裝，我跟他說都已經租借一空，沒有了，他一直跟我盧，要我想辦法，他要給女友驚喜之類的，我就說真的沒了，他不願意離開，最後他說他想要看看，有沒有辦法用其他衣服弄出一套來，我那時候很忙，實在沒有工夫理他，就繼續整理那些單子，該不會……」

「調出來看看。」

老闆用手指著電腦，要小許把昨天的監視器畫面調出來。

小許照辦，把監視器畫面轉到昨天打烊前的景象，果然就看到了小許口中的那個男子。

小許正在櫃檯忙著整理昨天的單據，結果那個男子進去後面，找了一下之後很快就找到那個箱子，他將箱子打開，就真的把裡面的衣服拿出來。

當然，老闆很清楚裡面確實就是一套聖誕老人裝，可是他不解的是，爲什麼明明裝在箱子裡面，男子還能這麼厲害的找到這套衣服？

男子拿到了聖誕裝之後，趁著小許背對著門口時，拿了衣服就溜出去了，而且囂張的他在溜出去之前還對小許揮了揮手，似乎就是在確認小許有沒有看到。

確定服裝被人拿走之後，老闆的臉色頓時變得慘白，一手摀著自己的心臟，一手指著小許說：「報、報警。」

警方很快就抵達現場，得知失竊的是件就老闆自己都說不是很值錢的聖誕裝，讓警方不免顯得有點尷尬。

「你們確定要報案嗎？我們一受理就不能撤囉。」

「有沒有可能是誤會啊？」

警員們似乎對於爲了一件聖誕裝就吃上竊盜罪，有點小題大作。

「我也不是要報竊盜，」老闆焦急的說：「我只是眞的要找回這件衣服，拜託你們了。」

「我們警方沒辦法這樣幫你。」其中一個警員說：「你要嘛報案，我們受理之後就是朝竊盜辦下去，不然就……算了？」

「不能算了！」老闆叫道：「會出人命啊！」

聽到老闆這麼說，在場的人都不解。

「我沒辦法解釋清楚啦，但是我拜託你們，就當作幫幫我，把那件聖誕老人裝找回來。」

老闆說得很迫切，幾乎都快要跪下了，其中一個警員要小許先安撫一下老闆，然後把自己的搭檔拉出店外。

過了一會兒之後，那個警員獨自進到店裡面，告訴老闆自己可以幫他調一下附近的監視器，幫他找找看。老闆聽了，幾乎眼淚都快噴出來了，不停的感謝那名警員。

那熱情的警員是個新人，央求了自己的前輩，讓自己可以多少練習一下，就當作一種訓練。不過這絕對不是一件簡單的事情，他一連調了好幾個路口的監視器，然後一路跟著那個嫌犯，足足花了五天的時間，才找到嫌犯的住所與身分。

然而當他好不容易找到對方，卻發現裡面都是其他分局的同僚。原來那個竊嫌已經上吊自殺。而他也確實在竊嫌的家裡面，找到了那件聖誕老人裝。

7.

上星期六——

今天是聖誕節前的周末，小艾有了相當愉快的一天。

阿尚為自己安排了一段相當美好的行程，兩人下午先是到鬧區逛街，晚上在知名的餐廳吃了一頓豐盛的聖誕晚餐，接著阿尚帶著小艾回到他的住處。因為要停車的關係，阿尚先交給小艾鑰匙，讓小艾自己先上去。

獨自一個人，坐在阿尚家的客廳，讓小艾感覺有點奇妙的感覺。

阿尚是透過朋友介紹的，兩人幾乎一拍即合，總像是有說不完的話題，兩人很快就熟絡了起來。而在兩人密切聯絡的情況之下，小艾也慢慢感覺到，自己的內心產生了極大的變化。

她非常清楚，她不是個會委屈自己的人，所以每每只要跟阿尚聊完，就會對正牌男友紹華產生嫌棄與厭惡的情緒。就是因為這樣，兩人這段時間的摩擦不斷。在紹華的角度，以為小艾是個很情緒化、很會鬧脾氣的人；但是從小艾的角度來說，都是紹華自己不爭氣，一點都不像阿尚這麼「尚」解人意，嗯……？所以他才叫做阿尙嗎？啊，不對，應該是「善」解人意才是，這該死的台灣國語。

想到這裡，小艾不自覺的笑了出來。

看了一下四周，如無意外，這裡說不定是她接下來的生活之中，最重要的地方，是不是應該要好好熟悉一下呢？

就在小艾站起來，想要好好逛逛時，門鈴突然響了。

這讓小艾頓時愣了一下，不過最後還是到了大門前，將門打開。

一看到門外的身影，小艾先是一臉驚訝，然後笑了出來。

原來阿尙已經換上了一套聖誕老人的服裝。

這個驚喜讓小艾感動到快要哭了出來，因爲她知道自己曾經跟阿尙提過，自己從小就沒有收到過聖誕老人的禮物，爲了彌補這樣的遺憾，所以阿尙才會特別弄來這套聖誕裝，要給小艾驚喜。

阿尙才剛關上大門，小艾就撲上前去，一把抱住了阿尙。

兩人的激情頓時爆發開來，抱著擁吻了一陣子後，眼看慾火燎原一發不可收拾，阿尙立刻想要脫下身上的衣服，結果正準備動手脫衣服，卻被小艾抓住了手，制止了他。

原本還以爲小艾拒絕與自己交歡，誰知道這時小艾臉上浮現出一抹邪邪的笑，輕聲在阿尙的耳邊說：「穿著做。」

阿尙聽了臉上也跟著出現「妳這個小壞蛋」的神情，原本打算脫衣服的手，也順勢向下一滑，滑到了小艾的身上。

他熟練的除去了小艾身上的衣服，兩人開始激情在床上翻滾。

阿尙很清楚小艾有個男友，所以在有「比較對手」的情況之下，他知道自己必須要拿出百分之兩百的努力，才不至於在這場競賽當中落敗。

對某些男人來說，性能力可是最不能輸的競賽，所以阿尙眞的是使出了渾身解數。

只是聖誕老人裝有點厚重，才剛開始進行活塞運動，就已經讓阿尙汗流浹背，就算是打籃球也沒那麼累過。

不過爲了讓對方看到自己的努力，所以阿尙賣力擺動著自己的腰，奮力的向前頂。爲了讓自己方便施力，阿尙將戰場移往床腳，讓自己可以站在地板上，表現出自己傲人的體力。

看著如此努力、汗水源源不絕的從頭頂流淌下來的阿尙，小艾感覺到興奮，加上他身上穿著聖誕老人裝，以及目前感覺宛如偷情般的扭曲情節，都讓小艾徹底沉溺在其中，她閉上雙眼，讓自己沉浸在這片魚水交歡的激情之中。

只是忘情交歡的兩人，並沒有注意到，在兩人交歡的同時，整個空間有了些許的變化。

阿尚用力向前頂的時候，在腰部附近，總會有個類似殘影的東西，停留在原地。

隨著阿尚越動越快，那殘影就越來越清楚，阿尚每頂一下，那殘影都彷彿被向後推出來。

就這樣，阿尚前頂小艾，後推一下殘影，這樣反覆動作幾次之後，殘影逐漸脫離了他，變成了一個完整的身影——那是一個跟阿尚一樣、穿著一身聖誕裝、但是卻沒有頭顱的身影。

身影完全脫離之後，就站在阿尚的身後，激情中的兩人根本完全沒有發現。

那身影緩緩轉過身去，原來這個身影並非沒有頭，而是頭顱掛在後面、彷彿揹著一樣。

別的聖誕老人背後揹的是裝滿禮物的袋子，這個身影的身後掛著的是他上下顛倒的頭顱，頭顱上的雙眼正上吊的瞪著兩人。

雖然沒有裝著禮物的袋子，但是他也確實有東西要給兩人，那就是他滿滿的恨意與詛咒。

在一陣宛如痙攣般的抖動過後，激情逐漸平息，阿尚攤在小艾的身上，小艾則是嘉許般的拍著阿尚的背，稍作休息之後，阿尚從小艾的身上滾開，原本站著的那個無頭聖誕老人的身影，也已經消失無蹤。

兩人甜蜜的摟在一起，小艾玩弄著阿尚的衣服，問道：「你這套衣服哪來的？」

「租……借的。」

「可不可以……先不要還？」小艾羞澀的低下頭。

「嗯？爲什麼？」阿尚臉上浮現出明知故問的笑容。

小艾笑而不答，搖著頭說：「就先不要還啦。」

小艾說完之後，光著身子從床上爬起來，逕自朝著浴室去。

看著小艾赤裸的背影，阿尚內心中好不容易熄滅的慾火，又再度燃起。

其實這時候的小艾已經下定決心，要給眼前的男人一個驚喜，她打算在聖誕節前夕，把那個不能接受她偶爾鬧點小脾氣的紹華給甩了，然後與這男人一起共度甜蜜的聖誕節。所以才要他晚點再還，說不定在幾天後眞正的聖誕節那天，這件衣服還派得上用場。

只是這個想法只維持了不到一天的時間，第二天兩人就會發現，自己的眼角餘光，一直看到一個無頭聖誕老人的身影，讓她極度困擾，而阿尚也遇到相同的情況，卻沒辦法給小艾任何幫助；最後小艾沒有辦法，還是只能找上紹華求救。

8.

在經過了將近一個禮拜的努力之後，那位年輕又熱血的警員，終於找到了阿尚的住所，找回了那套聖誕裝。

只是因為阿尚上吊自殺的關係，導致耽擱了兩天，才順利將聖誕裝拿回到了服裝出租店。

老闆看到服裝順利找回來，真的鬆了好大一口氣，對於年輕警員真的是感激在心，甚至想要好好請警員吃一頓飯當作答謝。

不過年輕的警員只說這是分內的事情，婉拒了老闆的邀請，然而花了那麼多時間去追查，加上最後竟然是這樣的結果，多少也勾起了警員的好奇心，所以他打算問個清楚。

「現在衣服幫你找回來了……」年輕的警員用這句話當作開場白。

「謝謝，」老闆急忙將衣服收進箱子裡面：「衣服找回來就可以了，其他的我不追究。」

聽到老闆這麼說，年輕警員無奈的說：「你也沒辦法追究了，因為對方已經自殺了。」

聽到警員這麼說，老闆與店員都是一臉驚訝，不過老闆這邊，訝異了一下之後，立刻一臉懊惱。

「唉，看吧，真的會出事啦，哎呀，阿彌陀佛。」

老闆說完之後，立刻拿起手機，然後打了通電話，似乎是在聯絡什麼人，過了一會兒之後，才掛上電話。

「那個小許啊，今天休息了，你先去把休息的牌子掛起來。」

小許聽了之後，去把門鎖起來的同時，也將牌子轉到了「休息」那一面。

「衣服幫你找回來了，」年輕的警員對老闆說：「連續幾天盯著監視器畫面，盯到我眼睛都快脫窗了，至少可以跟我說一下，這套衣服到底是怎麼回事吧？」

聽到警員這麼說，連一旁的店員小許，也一臉好奇的看著老闆，畢竟老闆只告訴他這件衣服絕對不能租出去，其中的緣由也從來不曾告訴小許過。

看著宛如看戲民眾、只差手上沒有拿著爆米花的兩人，老闆猶豫了一會兒之後，才緩緩的點了點頭。

「唉，大概是十多年前吧，那時候我才剛開這家店。」

警員跟店員各自找了椅子坐下來。

「那時候變裝或是年輕人愛玩的COSPLAY還沒那麼流行，所以主要的生意大概就是劇組跟節慶。我年輕的時候也在電視台擔任過道具組，主要就是負責服裝，也算是讓我想要開一家這樣的店的契機吧。」

老闆回憶著當年的情況。

「那時候店裡面的聖誕裝，大概就十套左右，還是我託人家從美國帶回來的，那一套就是裡面其中一套。我記得那是開店後的第二個聖誕節吧，第一個聖誕節只租出去三套，第二個聖誕節十套都全租出去了，我印象很深，很開心店終於上了軌道，我還計畫想要多進一些服裝，找些工廠合作。」

即便已經經過了這麼多年，但是老闆還是印象深刻。

「那年租了那套聖誕裝的人，是一個爸爸，婚姻出了點問題，好像是分居還是準備要離婚吧，爲了給小孩一點驚喜，所以特別來我這裡租了那套聖誕老人裝。聖誕節那天，他穿著那套衣服，偷偷溜回家，想把買好的禮物，送給自己的小孩。」

店員與警員聽得很專注，隨著老闆的話點著頭。

「結果，他發現自己的老婆在房間裡面跟別的男人親熱……」

聽到這裡，警員跟店員臉上都皺起了眉頭，彷彿感同身受的模樣。

「唉，」老闆嘆了口氣搖搖頭說：「受不了刺激的他，就這樣穿著我的聖誕老人裝，上吊自殺了。」

在聽到老婆跟別的男人親熱的時候，兩人應該多少都猜到這個發展了，不過聽到老闆親口說出來，還是讓兩人面露同情的神情。

「我一開始不知道這件事情，」老闆說：「衣服逾期未還，我聯絡過後，就有人把衣服送回來。我把衣服收起來，結果店裡面就開始怪事不斷。」

「什麼樣的怪事？」警員跟店員幾乎異口同聲。

「我店裡的員工，」老闆說：「我自己本身沒看到啦，他們說好像有看到無頭的聖誕老人在服裝間裡面遊蕩，然後店裡面常常燈啦、電子設備啦，都會有些干擾跟故障。其實那當下，我根本也不知道是哪裡出問題，後來請來高人，高人才說是這套衣服有問題，我去追問之下才知道發生了這樣的事情。」

「那爲什麼不乾脆丟掉呢？爲什麼要一直把它留在店裡面？」店員小許不解的問。

「你以爲我沒想過嗎？」老闆無奈搖著頭說：「我一知道這件事情，就立刻想要把它丟掉，結果是高人說不能丟。」

「爲什麼不能丟？」

「高人說是有怨靈附在上面，如果隨便丟的話，可能被人撿去，燒掉的話，那怨靈可能會跑出來危害人間之類的。」

「不過爲什麼會附在上面呢？一般來說不是都附在繩子上嗎？」警員不解。

「其實我說一個點，你們應該就會理解了，」老闆說：「唉，聖誕裝是紅色的啊，穿紅衣上吊，本來就……那麼強大的怨念，可能繩子承受不住吧！」

聽到老闆這麼說，警員眞的一下子就會意過來，確實在一般的習俗上，穿紅衣紅褲上吊，有變成厲鬼的說法。

「總之照高人的說法，如果貿然將衣服丟掉，不只可能會連累其他人，一旦怨靈從衣服裡面跑出來，連我也可能受害。最後在高人的指示之下，我不得已只能一直把它收在神像下面，讓神像多少壓著它，看看能不能化解它的怨氣。然後每個員工，我都有特別交代，那箱服裝絕對不能外借。」

聽到老闆這麼說，警員看向店員小許，小許點了點頭，表示確實有這麼一回事。

「誰知道，唉，竟然有小偷把這件衣服偷走，眞的是……唉，不說了。」老闆無奈的搖搖頭。

「那你現在要怎麼處理？」警員問。

「我也不知道，我剛剛已經打電話給那位高人，他應該等等就會到了，就等他來看看怎麼辦吧。」老闆說。

9.

為了想要得知接下來的發展，因此警員也留了下來，等待著老闆口中所謂的高人前來。

果然過不到半小時，那位高人就已經來到了店裡。

原來老闆口中的高人，是間知名寺廟的負責人，在接到老闆的聯絡之後，這位高人也知道事情的嚴重性，因此特別緊急取消下午原本的活動，趕到了店裡面。

在聽完了老闆講述關於這件衣服的來歷後，警員本身雖然相信這些靈異事件，但是多少還是有點半信半疑。

這時見到了高人，心中不免浮現那種想要試試看的心情。

於是警員自告奮勇，代替老闆將事情經過告訴高人，當然關於盜竊這件衣服的人已經上吊身亡的事情，警員刻意保留沒有提及。

想不到高人聽完警員的描述之後，立刻臉色一沉，搖搖頭說：「那個小偷我看……可能是凶多吉少了，你們有找到他嗎？」

警員聽到之後，臉上完全藏不住驚訝的神情，光是這麼一個問題，恐怕已經讓他對這位高人沒有半點懷疑。

「找到了，他已經上吊自殺了。」警員回答。

高人深深的嘆了口氣，然後看著老闆問道：「衣服有拿回來嗎？」

「有，我們該怎麼做？」

「我先看看情況，如果運氣好的話，說不定可以跟以前一樣，用神像鎮，順便削減一下他的怨氣。」

「那就麻煩老闆你去訂做一個保險箱，把衣服鎖在裡面吧。」警員說。

「你以爲我不想嗎？」老闆白了警員一眼：「師父說過一定要在神桌下面，盡可能不要有太多東西擋著，不然隔著東西怕壓不住。」

高人點了點頭。

眾人來到了辦公室前，老闆把衣服裝箱之後，立刻把箱子放回神桌下。

只見高人沉著臉，將箱子打開，看了好一會兒，然後把箱子闔起來，緩緩的搖了搖頭。

「沒了。」

「沒了？」眾人不解，異口同聲問道。

「那個怨魂已經不在衣服裡面了，所以你不用再這樣處理了，看是要丟掉、燒掉都可以了。」

當然聽到高人這麼說，老闆應該要鬆一口氣，不過就在這個時候，老闆眼角的餘光，看到了一點不尋常的畫面……

然而因爲高人仍然繼續說著，老闆也沒多表示什麼，不過這畫面讓他覺得不適到了極點，因此默默在一旁繼續用眼角餘光，觀察著這個畫面，沒有打斷高人。

沒有注意到異狀的警員，非常認眞聽著高人的解釋，然後像個好學的學生一樣，提出了自己的疑問。

「師父不好意思，」警員舉手發問：「照您的意思，先前那鬼魂被困在衣服裡面，所以只要用神像鎭著衣服就可以了。那現在您說鬼魂已經不在這個衣服裡面了，他跑去哪裡了？」

高人無奈的笑著搖搖頭說：「這恐怕沒有人知道，如果你眞的想要找他，或許可以試著找上他們的家屬招魂看看，不過……唉，還是不要比較好。」

警員聽了之後沉默了一會兒，接著又提出新的疑問：「之前因爲鬼魂困在衣服裡，所以租出去的話，穿的人可能會出事，那現在鬼魂不知道在哪裡，他又會找上什麼樣的人呢？」

「這恐怕沒有人知道，」高人搖搖頭說：「要看當下他的心結在哪裡，恨的點在哪，這其實就是很多詛咒的來源，我們常常說，什麼到某些廟會讓情侶分手啦夫妻失和啦，雖然都是一些謠言，但是背後的原因是有點根據的，還能說出一些道理來。雖然說那些不見得是眞的，不過原理是正確的。」

「喔，」警員似懂非懂的點著頭說：「也就是說……如果他當時死掉的時候，很痛恨那個小王，他就可能會去找上那個小王。」

「是，」高人點了點頭說：「不過那麼強烈的怨念，可能不只有單單一、兩個對象，往往會形成所謂的禁忌，可能會有更廣泛的那種……你也可以說是遷怒。」

聽高人這麼說，警員稍稍想了一會兒，然後才突然浮現出一抹笑容，點了點頭說：「我懂了，我記得聽人家說過，八仙裡面的呂洞賓，因爲追求何仙姑不成，所以只要有情侶去廟裡，就會分手。這就是師父你剛剛說的，雖然眞相不見得是追不到仙姑，但是如果眞的當年是因爲追不到仙姑，所以會遷怒到來廟裡的情侶，原理上來說是正確的。」

高人笑著點了點頭。

「那如果套用在這個案件上……」警員歪著頭試著模擬那個因為老婆偷人而上吊的爸爸，過了一會兒後勉強有一點想法：「偷情？如果他痛恨的是偷情，那麼只要有人偷情，就可能會遇到他？」

「範圍沒有那麼廣，」高人笑著說：「可能還要剛好在他附近，不過確實很有可能像你說的這樣。」

警員聽到高人這麼說，臉上浮現出一點得意的神情。

「呵呵，」高人對警員說：「我看你很有慧根喔，要不要來我廟裡學學，說不定可以發現另外一條跑道喔。」

「謝謝，不過我現在這條跑道才剛開始而已，等我跑累了，我會好好考慮的。」

雖然婉拒了高人的邀請，不過警員確實一臉開心，然而一想到眾人現在討論的事情，很可能會有其他的被害者，因此那開心的心情，很快又沉了下去。

即便大概也猜到答案了，不過警員還是問了高人：「那……我們有辦法阻止他嗎？」

「可能要等到有人受害之後才……」高人說完也嘆了口氣。

這讓警員想到了自己進分局的時候，有前輩跟他說過的一件事情，曾經在管區裡面，有一個不學好的年輕人，老是鬧事進出警局，幾乎所有同仁都認為這傢伙未來一定會犯案，但是因為現在的他犯下的就是一些無關痛癢的小事，所以沒有人有辦法對他怎麼樣。後來過沒幾年，那傢伙真的親手殺害了自己的父母。

現在這件事情，大概也像當年的情況一樣吧！即便知道未來可能會有悲劇，不過卻什麼也沒辦法改變。

看來有些事情，即便到了另外一個世界，似乎還是不會改變。

這就是這起事件，給了警員心中最大的感觸。

10.

警員跟高人都離開之後，老闆與店員小許留下來，準備將店稍微打理一下之後，關門休息。

不過有一件事情，讓老闆實在很在意，所以他讓小許自己在前面收拾，自己到後面辦公室裡面，把監視器畫面調出來重新看一次。

剛剛就在高人講話的時候，老闆的眼角餘光看到了一些詭異的情況，因爲心中很在意，所以他也一直默不作聲，靜靜觀察，盡可能用眼角的餘光，假裝很專心在直視著高人，但是卻是爲了觀察那個變化。

後來他非常確定，在高人說怨靈已經不在衣服裡面的時候，那人的臉上，眞的浮現出一抹很不適合、而且有點詭異的笑。

一時間他不知道該怎麼解讀這個詭異的笑容，老闆本來在想會不會是那怨靈其實根本沒有走，只是換到了那個人身上。

不過在場就有一位高人，他連怨靈有沒有在衣服上面都能夠感覺得到，如果眞的怨靈跑到那人身上，高人怎麼可能沒有察覺到呢！

於是老闆開始想著是否有其他的可能性，因此才會在高人與警員都離開之後，跑到後面的辦公室裡面，重新看一次監視器的畫面。

因爲監視器畫面，只有畫面而沒有聲音，所以老闆上一次在看畫面的時候，都是店員小許將情況告訴他，然後以此爲依據，解讀著畫面上的內容。

但是如果現在無視小許所說的話，單獨看畫面的話，會不會有什麼不一樣的可能性呢？這就是老闆重新看畫面，想要釐清的原因。

老闆調出畫面，看到了小偷進到店裡時的情況，當時是周五晚上即將打烊前，照小許的說法，這時候小偷在跟他盧要租聖誕裝。不過在缺少聲音的情況之下，其實完全看不出來是不是眞的這樣。換個角度來看看，似乎說他們是在閒話家常也可以。

接著小偷進到後面，這就是當時最讓老闆不解的地方了，將監視器畫面切到後面的服裝間，那小偷確實有在找尋衣服，不過很快就找上了那個箱子，並且將裡面的衣服給拿出來。

感覺……是不是打從一開始，他就在找那個箱子呢？

光是看畫面，多少讓老闆有這樣的感覺。

接著就是拿著那套聖誕裝離開，小許說自己當時正忙著處理單據，所以沒注意到門前的狀況，那小偷趁隙逃跑。但是如果把這個想法拿掉，雖然小許確實在當下是背對著門，不過對方揮手的動作，會不會就是跟小許打聲招呼，說自己要離開了之類的？

看完了監視器畫面，雖然可以當作那個人確實偷走衣服的鐵證，但是……如果說是小許一開始就跟對方說好，讓對方把那套衣服拿走，似乎也是合情合理，沒有不合理的地方。

當然，眞正的問題是，這樣做到底有什麼意義？

不過同樣不合邏輯的，是當高人在說鬼魂已經不在衣服裡面的時候，小許臉上爲什麼會慢慢浮現出一抹詭異的微笑？

沉吟了一會兒之後，老闆決定與小許當面對質。

小許在前面的櫃檯，已經將東西整理好了，看到老闆從後面出來，立刻跟老闆說：「可以打烊了。」

老闆點了點頭，然後示意要小許坐下，小許一臉疑惑，不過還是照指示坐了下來。

「我問你一個問題喔，小許啊，」老闆雙眼凝視著小許：「你……眞的不認識那個小偷嗎？」

小許聽到老闆這麼問，先是一臉驚訝，凝視著老闆，不過老闆這邊，也不甘示弱，一臉堅定的看著小許，裝作自己似乎眞的有什麼證據一樣。

雙方就這樣對望了半晌，然後……小許的臉上慢慢浮現出一抹笑容。

「在說這個之前啊，」小許突然開口：「有件事情眞的需要跟老闆你抱怨一下，實在是太可惜了，老闆你知道嗎？說故事要有技巧，不應該把最精采的部分給省略啦。」

「啊？」老闆一臉訝異，不知道小許這是哪壺不開提哪壺。

「剛剛你說的那個故事啊，」小許說：「那個爸爸怎麼自殺的？自殺的情況是如何？這些才是最精彩的地方啊！」

老闆攤開手，一臉莫名其妙。

「我告訴你，」小許有點興奮的說：「那個爸爸……因爲體型比較壯碩，所以上吊的時候，體重將脖子給拉斷了，但是沒有完全斷喔！只有頸椎斷了，所以等到他最愛的兒子看到他的時候，他的脖子已經拉得很長了，就好像……日本鬼故事裡面的那種長頸鬼一樣。媽媽雖然把他抱得很緊，但是他眼角的餘光，還是一直看到，那個穿著紅色聖誕老公公裝、要給自己驚喜的爸爸，變成了長頸鬼一樣，在那邊晃啊晃……晃啊晃。」

看著小許說得十分激動，老闆也沉下了臉，大概也知道事情是怎麼回事了，類似這樣詳細的描述，恐怕只有當事人才有辦法做到。

「就算……你是他的兒子，」老闆略顯歉意的說：「對不起，我眞的沒有惡意要……不過你這麼做，又有什麼意義呢？我不懂啊。你要人偷走你爸穿的衣服，到底是爲什麼？」

「爲什麼？哼！」小許冷哼一聲：「那是因爲你的故事，只管我爸自殺的情況，之後的事情，你根本不關心。在我爸自殺之後……我的眼角餘光，就一直看到我爸爸。他總是站得遠遠的，只要我一轉過去想要看清楚，他就會消失。而且這些年，我一直都沒有看到他的頭，後來我才懂了，因爲爸爸脖子斷了，所以頭……掉在後面，只有他轉身的時候，我才能看到他的臉。」

聽到小許說的話，老闆腦海裡面浮現出當年有店員曾說過的「無頭聖誕老人」。

「可能因爲他是我爸，所以我不覺得害怕，隨著我越來越大之後，才開始思考這裡面的意思。我看了很多東西，研究上吊之後的情況，如果要說專業，說不定我比剛剛那個師父，一點也不遜色。」小許一臉得意。

「後來我慢慢懂了，」小許說：「因爲爸爸被困在那件衣服裡面，所以沒辦法投胎轉世，我本來想要把那件衣服租來處理掉，但是沒辦法，所以我只能混進這家店，找人來把衣服幹走。」

老闆聽了，完全沒想到事情的經過會是這樣，當然他也不知道，如果當時小許眞的直接找上自己，表明要拿走這件衣服，自己會不會答應。

「本來還想說，」小許站起身來淡淡的說：「做到這個禮拜結束，再跟你提離職，我看……應該不用了。」

小許說完之後，拿起自己的東西，逕自朝門外走去。

老闆愣愣的坐在原處，沒有動作，因爲剛剛小許口中說的事情，對他來說還是有點衝擊，需要一點時間消化。

結果老闆還沒消化完，外面突然傳來一陣巨響，先是一陣尖銳刺耳的刹車聲，隨後就是一聲撞擊。

老闆立刻衝出去看，結果就看到了小許躺在不遠的馬路上。

老闆衝上前去，小許看到老闆，彷彿要說什麼，伸手比了一個方向，老闆轉過去看，卻什麼都沒有看見。

但是老闆不知道的是，其實在小許的眼中，在他逐漸失去的視野餘光，站著一個又一個被他爸爸害死的鬼魂……

老闆愣愣的看著地上小許的屍體，突然眼角的餘光彷彿也看到了一個身影，他猛然轉過去看，卻什麼都沒有看到，只有因這起意外而逐漸朝這裡靠近的人潮。

第四篇

聖誕禮物

笭菁

啊！水灌進了我的鼻子我的肺部，我吃力的看著眼前的血紅一片，我正沉在一個通紅的水裡，拼命的想掙扎往上游，卻怎麼都游不動！因爲有隻手正抓住我的腳踝，還將我向下拉。

到底是誰啊？我踹著腳，多想把那傢伙踹開，但怎麼踹都是撲空，低頭想多看一眼，血紅的水卻讓我看不清一切。

可惡！我咬牙，索性放棄了掙扎出水的想法，轉而往下潛去——想拉我是吧？就讓我看看你是何方神聖！

我在水中翻了圈，那隻抓著我的手跟著漂移，直到我蜷成半圓形時，便與對方的距離最近，所以我立即伸長手，想要從血紅的水中撈出那個——唔！我吐出肺中殘存的最後一點氧氣，痛苦的在水裡抽搐，我沒有空氣了，我……啊！

我整個人彈坐而起，全身用力警戒著，手裡握著擱在旁邊的筋膜槍，瞪大眼看著黑暗中的房間，貼著我床尾的是我自個兒的書桌，桌上的夜光飾品隱隱散發著綠光。

渾身濕透，冷汗一身，意識這才緩緩回歸……我在我房裡，剛做了惡夢。

「幹！」頭頂傳來低咒聲，上層床鋪的人正移動身子，我不動聲色的往左方看去，瞧見一隻腳踩上階梯，然後剩下的老弟連踩都懶得踩，就跳下來了。

他手都還握著樓梯扶把，一轉頭瞥見坐在床上的我，又嚇得大喊，「啊咧幹！老姐！妳嚇死我了！」

「你做惡夢嗎？」我淡淡的問著，這才緩緩放鬆身子，把防禦性的右手放下。

老弟摀著胸口驚恐莫名的看著我，起伏的胸膛還喘著大氣，不耐煩的厚了聲，「妳實在……就這樣一聲不吭的坐在那邊，我眞的……」

「我也做惡夢了，才剛嚇醒而已。」我扔下筋膜槍朝他伸手，「水。」

老弟即刻拿起我桌上的水杯遞過來，順道坐到我床沿。

「妳做什麼惡夢？該不會……」老弟深吸了一口氣，「就我們沉在那片血水裡，然後怎麼游都游不上去，因爲——」

「有人抓著我的腳。」這一句，是我們姐弟兩個異口同聲的。

氣氛瞬間凝結，我打開杯蓋喝著水，渾身上下都不舒服。

一個月前，我們去了一個萬聖節限定遊樂園，結果在一過子時，鐘響後整座遊樂園卻變成了地獄！遊樂園裡塞滿了妖魔鬼怪、惡鬼邪魔，還有電影裡的殺人狂，要糖的小孩有著尖牙、要不到糖就咬斷人們的喉嚨，狼人吃人吃得很開心、電鋸殺人狂不停劈開遊客、死神揮舞著鐮刀四處割人，連吸血鬼都把那邊當免費吃到飽。

遊樂園大門封鎖還通電，爲的就是讓那晚所有遊樂園的人們當成祭品，獻祭給該遊樂園的幕後老闆，因爲林姓董事長所崇拜的邪教。

二十二年前他也實行過類似的儀式，設計了抽獎活動，篩選出特定的祭品共一百名，讓他們抽中免費鬼屋劵，接著鬼屋失火，幾乎全數死亡，只有兩個逃出鬼屋，其中一位到醫院後死亡，而剩下唯一的生還者，很不巧的就是我老媽……二十二年後，因著血緣，所以換我跟老弟被找上，當年祭品獨缺兩個，就由我跟老弟塡上。

我們在屍橫遍野的遊樂園裡逃躲無效，見證了儀式，甚至看見了憑空出現的血池，林姓董事長祖孫三人將我跟老弟扔進血池中，期待著完成儀式……我不知道他是在求什麼，但最後我跟老弟把董事長祖孫扔進血池裡，我的男友卻奄奄一息，我們駕駛著遊園車拼命的想逃，然後時間卻瞬間倒流，回到了慘劇發生前。

十一點前的我還拿著爆米花，鐘聲敲響後沒有什麼邪魔惡鬼大屠殺，所有遊客都正常的玩樂，彷彿剛剛經歷過的都是一場夢！

所以，我們應該是破壞了儀式，阻止了可能發生的慘劇。

但我跟老弟、我男友、老弟的女同學玉舒卻都記得一清二楚，剛剛那一小時我們遇到了多少想殺我們的惡鬼，時光是倒流了，但記憶仍在；不過那晚驚魂未定，睡醒後老弟的女同學全然忘了遊樂園大屠殺的事，她的記憶有段空白，只記得在裡頭玩，連怎麼回到宿舍的都不知道。

她如同其他所有遊客一樣，而記得那段經歷的，恐怕只有我、老弟跟男友三人了。

「我們不該會做同一個夢，既然沒發生過，也不該會一直沉在那個血池裡。」老弟語重心長，「老姐，我們不能裝作什麼事都沒發生。」

「我不是假裝！事實上時間就是回到當天十一點前，整個遊樂園的人都好好的，沒有人死也沒人受傷，沒人被狼人吃掉，也沒被要糖的小孩咬斷喉嚨……」我厭惡的曲起雙膝，「那個遊樂園十天後順利閉幕了，記得嗎？」

「並沒有。」老弟認真的凝視我，「鬼屋燒掉了。」

是啊，但就只鬼屋燒掉了。那個一開始就沒打算開放，裡面根本毫無裝潢，只有一個詭異祭壇的鬼屋。

祭壇上放滿了二十二年前、同一個遊樂園的鬼屋火災中、喪生的九十八人牌位，中間一個大鼎裡塞滿了腥臭的內臟與血液，牆上塗寫著詭異的文字或符文，無數根蠟燭在室內燃燒，光看就令人頭皮發麻。

而因為時光倒流，所有儀式都沒發生，那麼鬼屋勢必面臨開放，結果卻一把火燒了！我不由得想著，會不會正是因爲根本不能營業，所以內部人員就乾脆燒掉？

這一燒，把裡面所有的證據燒得一乾二淨，祭壇、文字，以及那些牌位全都付之一炬。

「我覺得現在這樣就挺好的。」良久，我還是這樣回應著。

「妳是害怕萬聖節那天晚上發生的事成眞嗎？」老弟不客氣的戳破我的想法，「例如偉哥可能會死，所有遊客都慘死在遊樂園中，我們兩個最後還是被沉進那莫名其妙的血池中……」

「對！現在這樣不好嗎？日子過得好好的，你眞的希望再看見滿地屍體？莫名其妙的鬼出來濫殺？」我也不爽了，不客氣的用力推了他，「我們那天成功的阻止了亂七八糟的儀式，所以時光不是倒流，而是回到正軌！」

「是嗎？」老弟沉下眼神，「我總覺得……光是時間倒流這件事就很匪夷所思了，這不正常！就算我們阻止儀式，死去的就應該已經死去了。」

「唐玄霖！」我低聲喝斥，「你難道希望玉舒也死去嗎？」

玉舒，是老弟喜歡的女孩，所以萬聖節時他才會參加免費入場劵的抽獎，就希望能帶玉舒去；我們在萬聖節那天一起經歷了可怕的事情，玉舒也展現她極強的方向感與記憶力，幫大家一起度過難關，甚至到最後，她自願重返鬼屋，她認爲破壞祭壇，就可以阻止那場召喚。

但是，她沒有再回來……至少在老弟眼中，她此去凶多吉少，再怎樣也該是個有情有義的女孩啊！

「我跟玉舒沒有後續。」老弟搖了搖頭。

「咦？爲什麼？」我皺起眉，「我以爲共患難後，你應該會立刻跟她告白吧？」

像我跟易偉，就整個難分難捨了！我們都記得曾發生的可怕情況，我不想再面臨失去他的痛苦，不想再看他那生死未卜的模樣。

「隔天起床後，她就不記得我們一起共患難的事了！而且……」老弟突然沒好氣的瞄向我，「說穿了還不是妳的問題！」

「我？干我屁事！」牽拖！我嘖了一聲別過頭，轉向右邊的牆。

我不想承認，心中其實鬆了一口氣，老弟沒跟玉舒走下去是對的，畢竟如果德古拉沒騙我，玉舒最後只是找了個漂亮的理由，逃走了。

是，她跟老弟之間什麼都不是，友達以上戀人未滿，就算是戀人也不能要求她留下來陪我們一起死，但至少……知道她不可靠啊。

「老姐，我還不瞭解妳嗎！妳對玉舒的態度我一眼就知道了。」老弟語出驚人，「不過妳不必告訴我原因，我不想知道，至少讓我記得她的好就好了。」

我正首，瞠目結舌的看著老弟，很想解釋什麼、或是該替玉舒辯解，但半晌說不出話來，只像個口乾舌燥的人般，咂巴著嘴。

「我……」哎呀，我有表現得那麼明顯嗎？

「總之不能再裝沒事人了！我不想每天都做惡夢，而且那一切都是我們真的經歷過的！」老弟逕自往門外走去，「想個辦法吧！我去廁所。」

看著他走出去的背影，我重重的嘆口氣，粗魯的反手拉拉背上的睡衣，汗濕的衣服黏著背，很是難受！對啊，每天幾乎都做一樣的惡夢，紅色血水池，被抓住的腳，死命掙扎卻游不上岸的痛苦……唉，只有我們兩個夜夜被惡夢所困嗎？

我抓起手機，問著遠距離戀愛的易偉，我的男友。

「易偉，我問你喔，萬聖節後……你有沒有做惡夢？」

我一出站，就看見了人群中那高大挺拔的身影！一個多月不見，每一次見面我們都是小別勝新婚的愉悅！他一向都會在閘門外等我，而不是把車停好或是在外面繞圈，等我打電話給他。

「易偉！」我一出閘門就撲向他，擁抱是最重要的！

「好想妳！」易偉即刻緊緊抱著我，但卻突然嗯了聲。

感受到圈著我的手略鬆，我咬咬唇沒敢立刻抬首，就讓易偉跟老弟面對面吧，呵呵。

「哈囉！偉哥！」老弟佯裝沒事的出站，堆滿了微笑，「好久不見！看起來很不錯嘛！」

易偉在我耳邊刻意抽口氣，同時推著我的雙肩向後，凝視著我的雙眼，「唐恩羽？」

「我弟說要跟。」我知道這理由很爛，但是這是事實。

「我這兩天剛好很閒啊，之前也沒到偉哥的學校附近玩過嘛，就順便跟過來了！」老弟尷尬的笑著，「不過偉哥你不必管我，我可以自己玩的！真的！」

「是喔，那請問你要睡哪裡？」易偉將我圈住，像孩子佔有似的。

「嘿嘿……嘿嘿嘿……」老弟賠著傻笑，「我就跟你借住……房間的一角？」

「那我還玩個屁啊！」易偉直接嗆聲，我忍不住笑了起來。

「唉呀，讓他睡客廳啦！他知道你們住家庭式的好嗎！」我用手肘推了推他，「再不然我跟阿武說，問他要不要借我弟地板？」

阿武是易偉的室友一號，算是最好的麻吉，同系同班，我當然熟得很。

易偉用力捏了捏我的鼻頭，當作一種懲罰，無聲的訊息彷彿在說：我等等再跟妳算帳！

接著他摟著我旋身就往車站外走去，我右手偷偷比了一個「ＯＫ」手勢放在背後，給老弟打暗號。

我們當然是故意先斬後奏的，雖然我有一點兒不願意，但一來拗不過老弟、二來我也想跟易偉好好談談，關於萬聖節那天的「時光倒流」後，發生的一切變化。

易偉果然是騎機車來的，但只能雙載，老弟很識相的直接去租車，這也是我們早盤算好的，易偉嘴上唸歸唸，但還是帶著他去信任的租車行，接著我們在外頭等他。

「我不是說我沒事了嗎！」易偉突然轉頭看著我，「你們犯得著擔心到兩個都下來看我？」

「你真的沒事？」我挑高了眉，易偉過去怕我擔心而說謊的紀錄可多了。

「真的沒事！」易偉皺起眉，無奈的摸摸我的頭，「我沒做惡夢、頭好壯壯，身體也沒有任何後遺症啊！」

對面傳出喇叭聲，老弟挑好車子了，我趕緊戴妥安全帽，雙手緊緊環住我家易偉的腰，由他領著老弟前往他的宿舍，我們打算先去放東西，窩到晚上再去吃飯，而且因爲跟易偉的室友都認識，晚上大家一起聚餐。

順便……從室友角度打探看看，易偉是不是眞的沒事；而我呢，打算明白告告訴易偉，我跟老弟想去遊樂園幕後公司找眞相！

「歡迎！」

我們才出電梯，削瘦的男孩已經站在門外了，正是阿武。

「這麼熱情喔，怎麼我每天回家你都沒這樣歡迎？」易偉不客氣的推著他往裡頭去，「對我女友這麼熱情是找死嗎？」

我還站在電梯外，笑容有點凝在嘴角，身後的老弟直接撞出來，「幹嘛？」

「阿武？」我皺起眉，帶著不可思議的換鞋入屋。

那個阿武，跟我認識的阿武不一樣啊！

老弟將大門帶上後，很安分的不敢隨便把行李扔到易偉房間，乖乖的在客廳一角放著。

易偉他們宿舍客廳角落已經架好聖誕樹了，還有三個禮拜耶！樹很小，應該是買最便宜的那種，上頭繞著彩燈，還吊著各種吊飾，頗有氛圍的。

「樹下怎麼沒禮物？」我跑過去打開聖誕樹的燈，五彩繽紛。

「聖誕節當天我們才要交換禮物的啊！」阿武從冰箱那兒端出飲料跟水果，擺到客廳的茶几上。

我回頭看向阿武，忍不住走近了他，「阿武？你是阿武吧？」

「嗄？」蹲在茶几邊的阿武錯愕抬頭，「妳在說什麼啊？我阿武啊，妳不認得了？」

不不不，我有點被搞混了，這是阿武、但又不像阿武。

「你哪邊不一樣了耶，我說不上來……」我還刻意退後兩步，仔細的端詳著他。

不過他忙著把叉子塞到我跟老弟手上，要我們吃水果，「這位是……沒見過！」

「我是她的弟弟，我叫唐玄霖！」老弟即刻上前，禮貌的伸出手。

「咦？咦？弟弟！」阿武一臉震驚，「哇，居然是小羽的弟弟……有像！有像！歡迎歡迎！」

「歡迎個頭！」後方傳來關房門的聲音，易偉走了出來，「阿武，你房間有位子可以讓他睡嗎？」

阿武瞬間收了笑容，向左後方看向易偉，面有難色，「我、我房間……」

「沒關係，我睡客廳也可以！」老弟心思向來細膩，敏銳的先自我調解，「就沙發借我睡一下，只是要跟其他人知會一聲，萬一眞的不方便，我想附近找個……」

「不……睡客廳應該沒關係啦！但我房間是眞的不太方便。」阿武顯得有點尷尬，「我最近在熬夜唸書，我覺得這樣反而是你會被我影響！」

「熬夜唸書？你？」我好像聽到什麼要不得的事情。

在易偉口中，阿武每天打王者榮耀不睡覺都沒問題，甚至可以爲了打電動連期中考都想放棄，這樣的人怎麼可能會唸書？

「別這樣，阿武最近發奮圖強，對唸書開始有興趣了！」易偉走到茶几邊，主動叉起水果，「發現唸書的有趣之處後，就整個陷進去了。」

「嘿嘿……」阿武有些不好意思的笑著，「是啊，唸書原來是這麼有趣的事。」

哇，我是眞的蠻訝異的，我沒想到人可以在短時間內變化這麼大！而且我們才坐下來沒多久，阿武就說他有題化學方程式解不出來，就又進入房間了。

「好神奇。」我咬著梨子，忍不住看著那間關上的房門。

「人的潛能無限吧，想要幾乎就能做到。」易偉倒是一臉欣慰，「我看到他這樣，反而覺得人其實都有辦法改變，不過缺一個契機而已。」

他這麼說時，若有所指的瞄向我。

「呃……偉哥，所以我睡客廳嗎？」老弟岔開了話題，老弟當然是最瞭解我的人，他知道我一點兒都不想再觸碰那、個禁忌話題。

易偉就不一樣了，之前偶爾會故意提起那件事，最近因為電視廣告看太多，動不動就提，雖說總是讚美我能力在前，但說到底就是希望我「重操舊業」。

老弟最終定案睡客廳，易偉不讓他跟我們睡一間，我啞然失笑，他摟著我抱怨老弟這煞風景的電燈泡。看著氣氛好像差不多了，老弟朝我使了眼色……唉，既來之則安之。

「偉哥，你這一個月來都好嗎？」老弟開啓話題。

「很好啊，怎麼又問這個？」

「一個惡夢都沒做？血水？血池，或是……那天遊樂園裡的屍橫遍野？」

「沒有沒有！」易偉有些不耐煩的搖頭，「那些都是沒發生過的事，不是嗎？你們兩個……喂！」他有點不高興的站了起來，「你們沒完沒了耶！」

「對。」我也不想拐彎抹角，「我跟唐玄霖每天都做惡夢，還都是一模一樣的惡夢，就是那晚的事情。」

原本以爲玉舒會跟我們一樣，不過萬聖節後她就什麼都不記得了，可是易偉不一樣，他記得曾發生的惡鬼殺人，但好像睡得非常安穩啊！

「事情就是發生過，而且重來的時間太不合常理了！老姐擔心你逞強，所以非得要來看看你的狀況。」老弟倒是說得直白，「偉哥，你或是你身邊，仔細回想……有沒有奇怪的事發生啊？」

「沒有，眞的就……往前看啊，恩羽！」易偉一臉憂心的抓著我雙臂，「妳從不是這麼……憂慮的人啊！」

「這種事不憂慮比較難吧！易偉，不要說那莫名其妙的邪教，光是出現惡鬼、魔物、妖怪，死一整個遊樂園的人都已經很可怕了！我要不是夠強，我們都要得創傷後遺症了吧！」

易偉皺起眉，顯得憂心忡忡，很想勸說不要想太多，但他知道他搬出這樣的言論，我就會不高興了。

「偉哥，萬聖節後兩天你直接離職，有沒有被罵或是被罰錢？還有跟你的組長聯繫嗎？」唐玄霖趕緊提問，「我們是想問你室友的朋友的朋友，林董事長的孫子吧？」

就是他設局讓我跟老弟去遊樂園的。

「沒，我哪敢啊，我那幾天的薪水全不要了，也沒敢再跟誰聯繫。」提起這點，易偉有點難受，「我那樣眞的很不負責任，後來鬼屋不是失火嗎，大家可能都在忙，也沒人再找我了。」

「能聯繫看看嗎？」老弟續問，「我們想要聯繫一下組長。」

易偉一怔，瞪大雙眼，看向老弟後又看向我，「你們想幹嘛？」

「主要想跟董事長聊聊，他們這麼努力的要把我跟老弟拐過去，該算的帳還是得算吧！」我聳了聳肩，「我們兩個有點難直接聯繫到人，反正時光倒流了、什麼事都沒發生，他們說不定也很困惑。」

「喂喂喂！」易偉果然即刻拒絕，「這太危險了！既然都知道他們是有意要拐你們兩個了，怎麼還可以……明知山有虎，偏向虎山行呢？」

「萬聖節都過了，他要是能隨時生個召喚陣出來，就不必等這麼多年再玩第二輪了！」我難得撒嬌，「好嘛，你就先聯繫看看，他回你了我們再說？」

易偉擰眉，「你們兩個眞的……好好過日子不好嗎？」

「我好好過日子都有人想要找我們麻煩了，這時當然要主動出擊啊！」我挑了眉，「我跟老弟如果眞的這麼特殊，他們一次不成功，會搞第二次的。」

「爲了自己以外，也爲了老媽好，萬一那群傢伙又找上老媽怎麼辦？」老弟這句話倒是實話。

天曉得我們從遊樂園回去後，被老媽電得多悽慘，她很少這麼生氣的，但那天眞的是痛罵了我們一頓，我們兩個都不敢回嘴，乖乖跪在神桌前讓老媽罵到開心。

幾天後想說老媽氣消了，想試探性的問當年鬼屋裡發生了什麼事，結果老媽此後跟我們冷戰，至今沒說一句話。

我們篤定當年鬼屋裡一定發生了很可怕的事情，或許跟我們遇到的一樣，有電影的殺人魔角色成眞、傳說中各種妖魔鬼怪，還有亡魂厲鬼都現身，隨意的屠殺人們，只是我們是在寬敞的遊樂園裡發生，但老媽他們當年可是在迷宮般狹窄的鬼屋裡啊！

在有限又昏暗的地方裡逃亡，光想像就覺得毛骨悚然，易位而處，我都懷疑我跟老弟能不能全身而退；更何況，老媽當年還是跟朋友去的，朋友們也是盡數罹難，如果裡面也發生過一樣的血腥地獄，她不想提眞的是理所當然。

但是，用血脈來論的話，老媽還是具有危險值的，這一次萬聖節或許我們成功躲過，天曉得下次是什麼時候？那些信奉莫名其妙宗教的人，還是可以找老媽下手的啊！

把老媽搬出來後，易偉就不太敢多話，他答應了我們會試著跟組長聯絡，我就不再提這件事。這次來找易偉，就是爲了好好看看他，以及——觀察他有沒有什麼變化的嘛！

一起待到晚上，我們便要出發去吃火鍋。

「阿武，好了沒？要出門了喔！」易偉在客廳喊著，「粉圓說要直接在餐廳會合了。」

阿武房裡沒聲音，易偉再大喊著五分鐘後出發後就回房去準備。我看著易偉進房的身影，再看向老弟，他旋即比了一個噓，輕聲輕腳的跳下沙發，朝著阿武房門口走去。

易偉可能看不清楚，但我跟老弟的眼睛是越看越明白了……阿武的房門是米白色的，這個家的房門都是白色夾心木，但是……在我們眼中，卻是裹著厚厚一層黑氣的門，那團黑氣甚至還能組成一張類似人的臉。

不只是阿武房間、連粉圓的房門都一樣，她的門板上像是綁了一個人，只有上半身，表情彷彿正在吶喊尖叫的神情，不過沒有叫聲，反而更令人覺得不舒服。

「阿武哥，我們準備出門了喔！」老弟敲了門，還得假裝看不見他門口那張抓狂的人臉。

粉圓門口的則是女孩模樣，阿武這邊是個男性，就算是黑霧繞成的形象，但看起來並不像是阿武；而他們宿舍角落已經立起的聖誕樹此時看起來頗爲陰森，閃爍的燈光映照在門板上，反而更瘮人。

「……好。」好不容易，傳來有氣無力的聲音。

門終於打開了，老弟飛快的跑過去卡在門邊，就是要朝裡頭望一眼！

「咦？」阿武失神的眼看見老弟時嚇了一跳，「怎麼了嗎？」

「呃，我是想說有沒有位子擠一下……」老弟尷尬的笑了，「看來是沒有。」

「對不起，我房間很亂。」阿武喃喃說著，一邊說還一邊回頭看著房間角落。

我站得有點遠，這方向瞧不見全貌，但也只那麼一角，我就可以看見阿武房間牆上寫著密密麻麻的字跡，他是把字寫在牆上嗎？此時易偉的房門開了，我趕緊朝他走去，叫他幫我拿包，讓他再折返回去。

阿武並沒有避諱老弟的查看，因爲他根本心不在焉，嘴裡不停的喃喃自語，而且手還正比劃著什麼，直到易偉吆喝，他才勉強回神的跟著出門，期間依舊眉頭緊鎖，眞的像是在思考。

「阿武哥好像在解程式。」老弟閒聊著，「我剛看見房間裡一堆白板，寫得滿滿的。」

「嗯……嗯啊，我必須快點解出來，這很重要的，眞的……」阿武隨口敷衍。

「騎車專心啊！先別想那些了！」易偉拍拍他的背，拉著我上機車。

解程式？我的天哪！阿武微積分都死當了，現在在解程式？這是天降紅雨了嗎？我在路上問著易偉，這種情況他不覺得怪嗎？

「他就突然開竅，不好嗎？」易偉還反問我，「我覺得這樣的他比之前那樣打電動混日子好啊！」

「哎唷！」我眞是無力，易偉眞的太泰然了啦！

不是說阿武變得用功不好，而是他爲什麼會突然變得如此認眞？再者，一個都沒在唸書的人，就算突然對唸書有興趣，也不會突然跳級到會解沒學過的東西吧？

這哪叫開竅？這像是……好的中邪？上身？好的那種？

我滿腦子還在想阿武的怪異情況，等進到火鍋店看見粉圓時，我又遭受到衝擊！易偉的室友粉圓，人如其名，就是個圓潤型的女生，個性大喇喇、圓滾滾的很可愛，說話豪邁且中氣十足，非常外放活潑。

「好久不見耶！」

從桌邊站起來的美女……對，眞的是美女，我根本認不出來了！

身材窈窕纖細，臉蛋還是粉圓沒錯，但好像又有一點不同，加上她化了妝，人人都說胖子都是潛力股，我信！但是短時間瘦這麼多、瘦這麼快又這麼美，是不是扯了些？

「也沒好久，才三個月吧……」我看著走上前的粉圓，她穿緊身短裙、還踩高跟鞋，那個永遠寬鬆T加布鞋的粉圓，居然變得婀娜多姿！「妳瘦多少啊？」

「嘿！」粉圓笑了起來，「三十公斤吧！」

三十公斤！瘦到沒有贅皮且穠纖合度，妳騙我啊！

「妳怎麼瘦的？瘦得這麼快又這麼好？」我壓制著激動，假裝自己是一個好奇的女孩。

「嗯……」粉圓嬌笑的聳聳肩，「運動加節食。」

「妳看起來瘦很多耶，三個月三十公斤嗎？可是感覺瘦得好結實喔！」老弟也跟著詢問，「教我吧，我也想瘦。」

「沒有那麼久，她瘦得很快，就一星期吧！」阿武幽幽的說，「每天都瘦，越來越正！在那之前，我都不知道粉圓瘦下來會這麼正！」

一星期！騙肖維，我常年運動鍛練，最好是有運動加節食能瞬間瘦三十公斤的啦！就算絕食也不會瘦這麼快！我忍不住在桌下踩了易偉一腳，這叫沒有奇怪的地方？不是說要撞鬼或做惡夢，才叫奇怪好嗎！

事情沒在易偉身上起變化，但影響到他身邊了！

我們開始去自助區夾菜，粉圓倒是一點都沒克制的夾了一大堆，食量依舊如同過往驚人，看起來還是個吃不胖的體質啊！

「簡直離譜。」我夾菜時跟老弟低語，「你看見了嗎？」

「我比較在意他們房門口那黑氣。」老弟由衷的說，畢竟就只有阿武跟粉圓門板上有東西，「偉哥反倒沒什麼事。」

「我們也沒什麼事，就是做惡夢而已，但他們兩個太不正常了。」我深吸一口氣，「還是以靜制動吧！」

「交給我吧！」老弟自信的挑了挑眉。

是啊，對聰明口才佳的老弟來說，要聊天套話不是難事；但席間不管他怎麼問，粉圓就是四兩撥千金，阿武也說就某一天腦子突然跑出求知欲，於是展開了求知之路；粉圓則說她不想吃東西，然後發現自己瘦得極快，還越來越美，索性就咬牙不吃了。

吃飯時粉圓的手機響個不停，易偉調侃說她追求者突然變很多，話音未落，火鍋店裡立刻就有人前來搭訕，想要聯繫方式，結果被粉圓不耐煩的拒絕了！

「我怎麼會喜歡那樣的類型啦！」粉圓冷笑著扯了嘴角，「阿宅。」

阿武幽幽轉頭，「妳罵到我了。」

「你不一樣！我們是好朋友啊！」粉圓趕緊爲他夾了塊剛涮好的肉。

我跟老弟則交換眼神，以前的粉圓才不會以貌取人，她覺得誰都好，每個人都有優點，而且待人總是和和氣氣。原來人變美了，心也會跟著變嗎？當追求者變多後，便開始驕傲了。

我記得以前她曾提過，她向暗戀的人告白時，對方也曾這樣批評她，她爲此傷心很久。

當易位而處時，她也變得跟她討厭的人一樣了。

牆上無聲的電視正播放著新聞，我的角度剛好抬頭就能看見，新聞正播著近來炙手可熱的天才實業家，其公司正準備上市上櫃，該天才正在研發最新的藥品，將要在下週的記者會公開，但、是——人失蹤了。

「經過民眾通報，發現疑似吾蘇先生的人似乎是搭車來到了山裡，這片山區人跡罕至，他包下整棟民宿，並且交代民宿主人不要打擾他。」記者就在該棟民宿外報導著，她身後是一大堆記者，「由於吾蘇先生的家人已經報警，所以警方要來這裡找人。」

「這麼大陣仗……人家都說不想被打擾了，身爲名人眞慘！」老弟轉頭向上看著，「哦~這傢伙很厲害耶，才二十歲，就擁有一間公司了。」

「天才嘛！」我也知道這個人，因爲年輕又長得帥，簡直偶像劇裡走出來的傢伙。

坐在我對面的粉圓扭過頭子看著，一副很感興趣的姿態，但她身邊的阿武卻只顧低著頭吃飯，一大口一大口的拼命塞著肉。

易偉把菜都丟進火鍋裡，然後仰頭看著新聞裡的警察一邊敲著民宿外大門，一邊要記者不要拍攝，對方如果想要安靜，這些記者也太超過了。

敲門一直沒有回應，警方採取戒備，救護車也已經在現場，終究還是破門而入！在警方破門的瞬間，一股紅帶黑的東西從屋裡竄了出來！

咦！我跟老弟同時顫了一下身子，我甚至站起來了！

「嗯？」易偉看向我，也被我嚇到了。

「呃，就這樣……不能請民宿主人好好開門嗎？」我趕緊謅了個藉口。

「好像是打不開，剛剛試過了，從裡面反鎖了。」粉圓果然都有注意。

我緩緩坐下，看向易偉隨便笑了笑，反正我這人激動跟粗魯也不是一天兩天的事了，不奇怪、不奇怪。

「走開！不要拍！」驀地，一個人影從屋子裡衝出來，「滾開啊，你們聚在這裡做什麼!?」

鏡頭的白燈超亮，照在撲過來的人臉上，男人蓬頭垢面、披頭散髮、滿臉鬍渣，眼神裡盈滿恐懼與不安，精神看上去相當渙散，瘋也似的大吼著。

是那個天才吾蘇！

「走開！都給我滾！啊啊啊啊！」他痛苦的抱著頭，「我想不起來！我解不出來了，我什麼都沒辦法思考了！」

記者如同嗜血的鯊魚蜂湧而上，警察們趕緊想把他帶走，但是天才卻非常激動。

「我的腦子壞了！我什麼都不記得了！」他歇斯底里的朝天怒吼，「我腦子裡除了王者榮耀外，我什麼都不記得了！我什麼都不會了！」

閃光燈閃個不停，所有人巴不得他繼續出醜，新聞直播都在繼續，警方拉過他想趕緊送上救護車，但是他卻死命的扭動身子掙開，朝著圍成一圈的記者撞去。

「是誰在害我？是誰？」他的臉對著一個鏡頭大吼，「爲什麼我會變成這樣!?」

「吾蘇先生！你冷靜點，我們先送你去醫院！」

「我不要！去醫院有什麼用，我已經廢了！」吾蘇甩開警察，「你們根本就不懂，我這腦子、我這腦子……」

他突然看向了一個鏡頭，直勾勾的盯著鏡頭，淚水跟著滑下，裡頭透著絕望，然後一抹苦笑泛起。

下一秒，他居然直接衝向了那個鏡頭！鏡頭前瞬間染紅噴血，現場尖叫聲四起！然後便是一片混亂，有人大喊著不要拍，而那位天才的嘶吼聲仍舊不絕於耳。

鏡頭切回棚內，主播臨危不亂的繼續討論該天才的崛起。

「哇喔！」整間店裡的人都被剛剛的新聞看傻了，「好奇怪喔！」

「他好像精神不太正常了！」易偉嘶了聲，「他剛剛是撞攝影機想自殺嗎？」

「撞攝影機死不了吧！但精神不正常是確定的……你們剛剛有聽到他說什麼嗎？他腦子裡只剩下王者榮耀？我還以爲像那種人不會打電動！」老弟驚訝的挑高了眉。

「說到王者榮耀，阿武才是高手吧！」我記得可清楚了，「阿武？最近打到哪兒了？」

「我才沒有打電動！我不打那種東西了！」阿武竟一秒爆氣，筷子拍在桌上，「我現在有很多事要做，我沒有時間打電動了！」

他是對著我吼的，一雙眼睛狠狠的瞪向我，彷彿我剛說了什麼不該說的話！滿是血絲的雙眼裡帶著一種焦慮，甚至帶著幾分殺氣……也沒必要這麼凶吧？

「阿武，你幹嘛啊！」易偉立即不高興了，「你不打就不打，凶我家恩羽做什麼！」

阿武像是如夢初醒一般，眼神瞬間軟化，甚至垂下雙肩，「對、對不起，我沒注意，我不是故意的。」

他隔壁的粉圓深吸了一口氣，抽過旁邊的衛生紙擦著桌面，「好啦，神經兮兮的，快吃！」

是啊，神經兮兮，不知道到底在搞什麼鬼。

最愛打王者榮耀的傢伙突然解起什麼深奧化學式？而被喻為天才的少年腦子只剩下王者榮耀，這會不會太巧了些？加上從頭到尾阿武都沒有回頭瞥一眼新聞，與其說是專注吃飯，不如說……像一種逃避。

這頓飯吃得格外彆扭，我好像面對著兩個陌生人，阿武全程不說話，粉圓則大談她收到了哪些禮物、獲得多少追求，還有幾個惹人厭的追求者，死纏著她不放，話裡話外抱怨是假、炫耀是真。

「唉，我終於知道她的感受了，美麗也是一種煩惱。」

回去的路上，我們決定步行到附近先買宵夜再回家，順便當散步。

「她？誰啊？」老弟永遠充當好奇的那個。

「我們班的班花，號稱全校最美，非常漂亮。」粉圓說得淡淡的，「之前她追求者多到跑來班上來騷擾，她當時抱怨著很令人厭煩，原來這心情是真的。」

「喜歡嗎？」我忍不住嘴賤。

「啊？」粉圓瞥了我一眼，有點難爲情，「一開始有點享受，但是真的很快就覺得某些人令人不太舒服了。」

「漂亮的女生總是要小心一點！」老弟還跟她一搭一唱，「像如果很晚回去，也不要穿太短了，當然妳穿什麼是妳的自由，但就怕遇到一些色胚……受傷的總是妳嘛！」

「唉，我也知道……以前那樣真的自由很多。」她嘆口氣，有些怨嘆。

「想胖回去嗎？我是覺得挺可愛的！」易偉打趣的消遣。

「我才不要！」粉圓突然緊張的喊著，「我要這樣永遠美麗！」

又是一個激動，他們兩個情緒都很緊繃耶！

我們去買了豆花跟飲料，易偉想去買點酒，被我火速阻止。

「你別想，這次什麼甜頭都沒有。」我開門見山的勾著他的手，「我這次是真的純粹來看你的。」

「咦？」他瞪圓眼睛，看著老弟，尷尬的附耳在旁，「今天晚上不行喔？」

「我大姨媽來。」我聳了聳肩，他一臉失望的哎唷了聲。

我騙他的。

在事情跟疑慮沒有解決前，我不想節外生枝。

我們回到了宿舍，我向易偉要了鑰匙開門，打開他們宿舍的瞬間，我卻彷彿看見血光一片。

定神一瞧，才發現是角落的聖誕樹在發光。

「你們聖誕樹都裝紅色的燈嗎？」我進屋，將燈打開。

「沒有吧！那是小彩燈啊，而且根本沒開！」易偉跟著走進，好奇的往角落那邊看去，現在聖誕樹上卻沒有亮著任何燈飾了。

我們把吃的先擺在客廳茶几上，打算洗好澡再出來吃，我不禁多看了阿武跟粉圓門上的人形黑氣兩眼，很奇怪的是，阿武門上的那個不再是黑霧繞成的人形，他幾乎已經是個人形了。

不是人，倒像是鬼，而且那副模樣……我終於知道爲什麼我看電視時會覺得有些面熟了，他就是那個天才吾蘇！

『啊啊啊——啊啊啊啊——』

門上的傢伙突然放聲大叫起來，而且眞的是尖叫，我聽見他的聲音了！天哪！

我忍不住雙手掩耳，老弟急忙上前把我拉往後退，而阿武卻絲毫無感的走向自己房間，動手轉開門口。

『都是你——你偷走了我的智商！就是你！』那個人形掙扎咆哮，但是他依舊被重重黑霧鎖在門板上，只能在上頭扭動。

我跟老弟僵在沙發邊，聽見了嗎？那個門板上的傢伙喊了什麼？

「恩羽！妳要不要先洗？」易偉在房間裡喊著。

「啊……我要洗比較久，你們男生先！」我打發著他，難得現在客廳就剩我們兩個人。

『還給我！把我的智商還給我，你這麼笨，要這個聰明沒有用，你受不起的！』

門板上的天才持續怒吼，阿武已經將門關上。

我小心翼翼的上前，我幾乎可以確定，他不但就是那個天才，而且……我撫上自己的頸子，他的頸子上有一道裂口，鮮血開始從裡頭湧出。

「他死了。」老弟直接下了定論，「姐，這是……鬼。」

「我知道！」我趕緊拿出手機，想查查看那個天才是不是已經出事時，外頭突然傳出巨大聲響又讓我們嚇了一跳。

磅！聲音大到幾乎有回音，我跟老弟才傻住，樓下緊接著尖叫聲起，再來則是粉圓門板上的女人一秒變得清晰。

『呀呀——把我的美麗還給我！』粉圓門板上的女人也出現聲音了，她有著一張糜爛的臉龐，『那是我的美麗！』

呀，粉圓的門驟然拉開，一臉驚恐的跑出，顫抖的手還指著自己房間，「她……她……」

我即刻衝進她房間裡，堆滿新衣服的房間連走路都有問題，但她的窗子是開著的，我湊過去往下瞧，樓下人聲鼎沸，有人尖叫、有人在哭，嚷著報警快叫救護車等等的詞。

因爲下方，有個女人躺在那兒，有人跳樓了。

臉頰被東西掃過，我下意識右手一抓，發現居然是個聖誕襪！粉圓在窗邊掛聖誕襪嗎？

「怎麼回事？」易偉連忙奔來，到粉圓門口問著。

「她、她、她傳訊息給我……」我走出房門時，才發現粉圓手裡握著手機，「她她叫我看窗外，我就就看到……」

一個人影從窗外墜落。

「誰？」老弟不解的問。

「班花……」粉圓雙腿一軟，直接跪倒在地。

易偉擰眉的衝進房間往樓下看，即刻把窗子關上，「她跑到我們這棟樓來自殺嗎？這太扯了吧？她住在這兒嗎？」

「我不知道！她一定是知道我住這裡……」粉圓抱著頭，崩潰的哭著，「我就只是看她不順眼，故意跟她開玩笑而已！爲什麼要針對我？」

「妳跟她開什麼玩笑啊？還挑妳窗子這邊自殺，這擺明故意的啊！」我蹲到她身邊趕緊追問。

粉圓抬起頭，梨花帶淚的望著我抽抽噎噎，「我只是聽說她過敏了，臉變得很醜，就故意去嘲笑她而已……」

變醜的班花，變美的粉圓？

整間屋子裡盈滿尖叫聲，易偉他們聽不見，兩個亡魂被黑霧般繩索綁在門板上，掙扎扭動、不停慘叫，一個喊著『把我的智商還給我』，一個喊著『把我的美麗還給我』。

老弟低頭查詢後，抬頭看向了我，「那個天才，剛剛在醫院割喉自殺了。」話音甫落，阿武的門唰地一下拉開，臉色慘白的望著我們。

班花自殺的掉落聲沒驚動他、粉圓的哭喊也沒驚動他，但老弟用日常的音調說了句天才死了，他就衝出來了。

「反正不關我們的事啊，妳變美總不能怪到妳頭上吧！她自己皮膚過敏不是嗎！妳不要想太多！」易偉趕緊安慰粉圓，「妳怕的話，就把窗簾拉起來！」

「她是不是覺得是我害的？」粉圓瑟瑟顫抖的問，「她故意選在我們這棟樓自殺，晚上、晚上就會來找我⋯⋯」

她不會的。

我看著就在她門板上猙獰的女孩，這亡者再如何張牙舞爪，都被牢牢禁錮在那塊白色夾心木板上，動彈不得；回頭望去，天才也一樣，拼盡全力的掙扎，依舊紋風不動。

「別想太多，不會有事的！天哪！」易偉還在哀鳴，「你們不要一個一個都這樣敏感，我身邊怎麼都是一堆敏感的傢伙啊！」

「誰像你這樣遲鈍啊！」我不爽的雙手抱胸，「誰跟我說沒有問題的？」

易偉一怔，轉了轉眼珠子，「有、有什麼問題嗎？」

喔！我懶得說了！我推開他往他房間走去，經過阿武房前也多看了一眼……喔喔，果然是滿牆的化學方程式，到處都白板，居然連窗戶上的玻璃也寫滿了……

唯一比較不協調的，就是他在窗子上，掛了一隻聖誕襪。

那一隻，還跟粉圓窗邊的一模一樣。

夜半時分，我躡起腳尖的走出房間。

我不是刻意醒來，馬的我根本睡不著，門外有兩個人鬼吼鬼叫，睡得著才有鬼……對，有鬼。

我打開門時會多看一眼易偉的房門，幸好上頭沒東西，不然一出來就跟阿飄面對面，我就算有心理準備還是會被嚇死。

一打開房門就見到外面一片通紅，易偉的房門剛好與角落的聖誕樹呈一直線，那棵樹現在在黑夜中閃爍著，只有紅色的燈。

我謹慎走過去，沒有留意到老弟不在沙發上，而是逕直走向那棵只有紅色燈泡的聖誕樹……樹看上去晶瑩剔透的，彷彿有許多露水，各式的吊飾與鈴鐺依舊，樹下還有好多盒禮物。

樹旁的房間便是粉圓的，門板上的亡魂依舊存在，阿武的房間與粉圓隔了間廚房，且呈九十度，他門上的天才亡靈也還在上頭，他們雙眼失神的看著聖誕樹，目不轉睛。

我蹲下來，輕輕撥動了葉尖，這明明是塑膠葉子的玩意兒，怎麼會有露水……紅色的血珠彈開，我愣在當場，看著自己指尖，樹上眞的滿滿的全是鮮血！

就著紅色的燈光，整棵樹的顏色變得很奇怪，連原本吊掛在上頭的金色星星，也呈現一片腥紅色……手背觸及到一個奇怪觸感的吊飾，太濕黏，我嚇得縮回手，樹因此震動，吊飾也跟著搖啊搖。

我撥開葉子，看見了藏在後面的吊飾，不由得倒抽一口氣——是顆大腦。

軟綿綿的大腦，脆弱的被繩子繫著，成爲吊飾般的懸掛在聖誕樹下，我戰戰兢兢的開始吃力的看著這棵樹其他的吊飾，剛剛的星星、鈴鐺等等吊飾竟都消失了，取而代之的是各式各樣血淋淋的器官！

眼珠、斷手、殘腳、大腦，還有一張皺皺巴巴的皮。

我用指尖把它攤開，是張女孩的臉皮！而且我覺得有點面熟，這麼圓這麼大張，好像是……粉圓的！是我以前認識的那個粉圓的臉！

樹下的禮物盒突然爆開，我彷彿看到血從盒子邊緣滲出，屏氣凝神的拿起一個盒子偷看，裡面放的竟是另一張臉皮，但這張漂亮多了。

『啊啊啊！哇——』粉圓門板上的亡靈痛苦的哭喊著，又是一陣劇烈扭動。

那麼，對應在大腦吊飾下的那盒禮物呢？我沒有遲疑的伸手拿過，盒子都已爆開很容易打開，我在撕扯時，背後的天才果然開始鬼吼鬼叫，而盒子裡不意外的，是另一副大腦。

我回過頭，看著門上的天才。

『我的腦子！我的！』天才忿怒的嘶吼著，他用後腦杓拼命的向後撞著門板，磅磅磅，『還給我！』

我還沒辦法思考，跪在地上的雙膝驀地一陣濕，我驚愕的低頭看向地面，我蹲著的地方竟然又開始湧出血水，聖誕樹與我都在下沉……不，這是血池！血池在我的正下方又出現了！

我趕緊站起想逃離，但是才一半蹲站起，血池裡再度竄出一隻手，抓住了我的腳！

還來？放開我，放——

我使勁伸腳一踹，整個人跟著彈起，被子從腳邊滑落在地，我頂著一身汗，坐在陌生的床上……咦？看著窗外照進來的陽光，隔壁空著的床位，有點兒熟悉又有點陌生的書桌……

「厚！」我痛苦的皺起眉，又來！我又做惡夢了。

門被推開，易偉走了進來，「唷！醒了喔！我正要來叫妳！我買了妳愛吃的杏仁茶跟油條回來！」

我有氣無力的看著他，現在的我心緒未定，沒辦法立刻給予什麼反應。

「睡傻了啊妳！」他寵溺的笑笑，坐到我跟前摸摸我的頭，「快點梳洗，出來吃早餐。」

我點點頭，「唐玄霖呢？」

「還在睡，我去叫他！」易偉餘音未落，我就越過他，看見了站在敞開門邊、臉色一樣很難看的老弟，「喔！你們姐弟默契真的很好耶，連醒來都同時。」

我做了個深呼吸，指指廁所讓老弟先用，我則先一步走出房門，去看向被困在門板上的那兩個鬼魂！只是我一踏到客廳，看見的卻是乾淨異常的屋子，那兩個被困在門上的亡魂不見了！

「欸！組長回我了耶！」易偉在房間裡高喊，「他說他薪水昨天才拿到，超扯的……哇！等等，失蹤！」

失蹤？我轉身衝回房間時，老弟同時從廁所衝出來，「什麼失蹤？」

在書桌邊的易偉錯愕回頭，看著我們激動的異口同聲，有點遲疑，「……我室友的朋友的朋友，就是董事長的孫子，好像搞失蹤，群組完全沒消息也不回訊息！」

「走！」我即刻衝到行李邊收拾東西。

「走去哪裡？」易偉緊張的問著。

「你幫我聯繫，說我要替你拿薪水！」我趕緊叫易偉傳話。

易偉完全的不可思議，「……不行！我沒忘記那晚的事，你們兩個就是目標，要是去再出事的話——」

「偉哥，現在不是萬聖節，我們挑白天去他們公司，風險不會太大！」老弟趕緊安撫緊張的易偉，「你只要幫我們引個線就好了。」

「這眞的不行！唐恩羽！我沒有要那筆薪水！事情已經過了，我們生活都回到正軌——」

「並沒有！」我忍不住的大吼，「事情從來沒有回到正軌！你看看粉圓跟阿武吧，他們明擺著出事了啊！」

易偉一愣，像是不明白我在說什麼。

我嘆了口氣，抓著牙刷就跟老弟換班，說服人的工作不適合我，門一關我就把自己扔進浴室裡。

「偉哥，你的不在意，也算問題。」我聽著門外老弟與易偉的對談，「粉圓跟阿武這麼明顯的不對勁你都能不放在心上，你不覺得有人遮掉了你的感覺嗎？」

易偉明顯的被這番言論嚇到，開始呈現不安的看著老弟，我打開門偷看，他便看向我。

「你不必解釋，你解釋不來的。」我擺擺手勸他打消這個念頭，「我跟老弟現在就回去，你幫我約那個組長，傳聯絡方式給我。」

「我跟你們去！」易偉也趕緊打算收拾。

「不必！你就待在這裡就好了，是要翹幾堂課？」我即刻阻止，「這種小事我跟老弟去就行了，你要在這裡——盯著粉圓跟阿武。」

我後面幾個字是壓低聲音說著的，老弟則自然的關上易偉房門。

「粉圓跟……」易偉有點緊張的皺眉。

「對，注意他們的異狀……你可能察覺不出來，那就只要告訴我他們的日常就好了。」我謹慎的交代，「他們如果歇斯底里、亂哭亂叫什麼的，記得安撫。」

「我還覺得阿武有點快崩潰的樣子，他看起來很痛苦！昨天那個女生在你們這裡自殺後，粉圓也顯得很害怕，你要看顧著他們。」老弟果然也留意到了。

「阿武快崩潰了嗎？我以爲他是因爲沉浸在解題中。」易偉的看法果然跟我們都不一樣。

「他一直在說：我解不出來。」老弟居然有聽見，「而且我昨天半夜還聽見他在房間裡哭，眞的要多留意。」

易偉沉吟幾秒，很不捨的看著我，但他知道我個性的，我不希望他跟，就不會讓他跟的。

「好！我知道了！」他沉重的嘆口氣，「妳一定要多加小心。」

「我會的。」我大方的擁抱他。

易偉緊緊的回抱我，我能感受出他的擔憂，他十分不希望我涉險，更不希望我再去想萬聖節的事。

他貼心買的早餐我們帶在車上吃，臨走前老弟望著那棵聖誕樹，若有所思。

「偉哥，那樹誰搞的？」

「我啊，聖誕節不是快到了！」易偉理所當然，「欸，恩羽，聖誕節別忘了喔！我餐廳早早就訂好了呢！」

「知道！」我甜甜的笑著，當然要一起過聖誕！

粉圓的房門開了，她好奇的張望，略嚇了一跳，「你們要走了喔？」

「是啊！有事要先回去了。」我禮貌的道別，她臉色很差，看來昨晚也沒睡好。

「好快喔……那路上小心。」粉圓笑得很虛弱，我戳戳易偉，要留意嘿！

他點點頭，送我們下樓。

我讓老弟載著去還車，緊接著收到易偉傳來的聯絡訊息，即刻趕回首都，我們以要工資爲理由，跟那位組長見面，並且要求見他的主管，行李扔在大車站的置物箱裡，易偉的組長是個社會人士，人算熱心，但對於易偉要工資的事很不能接受。

「他就來兩天就跑了，還眞的敢要工資喔？」組長認眞的說著，「還不自己來？」

「勞基法規定，有做就是要給錢，不然易偉前幾天做白工嗎？」我說得理所當然，「他不敢要，我就幫他要，身爲女朋友還有點權利的。」

組長沒好氣的扯著嘴角，「反正我就帶你們去公司，其他的事別扯到我，我也只是短期打工。」

「沒問題。」

企業大樓相當富麗堂皇，我們一到樓下，櫃檯就通報了樓上，組長送我們到三十樓後便被擋在外頭，有一個OL領著我們進去，老弟擺擺手叫組長先走，接下來眞的沒他的事了。

「場面不錯耶，還特地迎接我們。」老弟跟在我身邊，低聲附耳。

「鐵定知道我們。」我一邊走，一邊記下各個逃生口。

老弟悄悄把手機亮給我看一下，報警專線已經KEY妥，就差一鍵撥出了……我不由得冷笑，哼哼，如果訊號等等還是正常的話。

我們被領到一間會議室門前，門一推開……哇，裡面可是盛況空前，最少二十個人在會議室裡等待，用一種錯愕又驚恐的眼神看著我們姐弟倆。

「哇！果然是百大企業，只是要個工資居然這麼認真看待。」老弟都鼓起掌了，這傢伙真的很欠揍。

身後的人上前想要關上門，老弟即刻擋在門邊，表示門開著就好，沒什麼見不得人的事吧？

橢圓形的會議桌前是白髮蒼蒼的女人，她身邊的人不像是公司人士，反而像是親眷，最妙的是，我看到有幾個面熟的傢伙，好像……那天在遊樂園裡，曾經架住我跟老弟往血池扔的傢伙們！

「他們在哪裡？」老奶奶顫抖著起了身，「人呢？」

我跟老弟可傻了，「我們是來領工資的，誰是負責人？」

「我爸……我是說董事長人呢？」有個中年男子急忙上前，「還有經理跟……」

這話問得我們很模糊，來領工資的我們其實想要找的，就是那天的董事長。

「怎麼會找我們問人呢？該不會三個都失蹤了吧？」身後的老弟驚呼出聲，「我們就是來找他們的耶！」

「你們來找他們做什麼……不，你們根本不該站在這裡的！」有個臉上有刺青的男人緊張的說，「照理說，董事長他們應該安然的回來，而你們兩個——」

「等等，他們三個都失蹤嗎？從什麼時候開始？該不會就萬聖節當天吧？」這麼大的事，新聞並沒有報導啊！這家人壓下來了嗎？

「她知道！她眞的知道！」中年女人激動喊著，「是你們搞的鬼嗎？你們對他們做了什麼!?」

「這話是我們要問的吧！你們本來想對我們姐弟倆做什麼？」我不客氣的回吼著，「我的天哪！都十二月了，你們的家人失蹤一個多月，竟然可以壓消息？快報警吧！」

「請問他們是萬聖節後就不見了嗎？」老弟依舊卡在門邊。

「你先回答我們的問題！」刺青男人低吼著，顯得很激動，「萬聖節那天發生了什麼事？」

「什麼事都沒發生。」老弟搶白，「拜託，用點腦子，就是因爲什麼事都沒發生，我跟我老姐才能到這裡來要工資！」

什麼事都沒發生，這句話彷彿什麼晴天霹靂般，打在一屋子二十幾人的頭上，他們或臉色發青、或全身顫抖，喃喃唸著：「不可能不可能！」，還有幾個人不明白的說著：「一切明明都安排好的。」

「你們當天也在遊樂園吧！」我直接指向黔面男，「你們會不知道你們董事長去了哪裡？」

一票男子倒顯得很詫異，「你們怎麼會知道我們在……」

「換你們了，萬聖節那天人就失蹤了嗎？」老弟懶得再回答，交換交換。

幾個人眉頭深鎖的交換眼神，最終凝重的點點頭。

這可妙了，萬聖節那天時光倒流，死去的人都回到十一點前，所以後來發生的事都不曾出現，照理說董事長們應該好端端的坐在辦公室或是遊樂園某個角落，正準備等著獻祭與召喚吧？

「是神奇的失蹤嗎？類似……明明就在這裡，但一閃神就不見了？」我試探性的問著，話語都還沒落，就換來一票驚恐的表情，「喔喔！」

看來是了！那天的儀式後，獨獨董事長他們不見了！他們沒有回到十一點前嗎？

「所以他們人呢？」老阿嬤繼續追問。

「不知道……不是騙妳，我們兩個大學生能做什麼？但我可以告訴你們，你們想做的事失敗了，所以我們兩個還在。」我兩手一攤，「他們的消失，該不會是失敗的代價吧？」

一屋子人狠狠倒抽一口氣，都有迴音了，他們恐懼的立即交頭接耳，對他們而言絕對是匪夷所思。

「你們幾個，也不記得原本在遊樂園裡發生的事？」老弟盯著那幾個黔面男問，「血池？屍體？」

我們從他們眼中看到了困惑，那天跟在董事長身邊的信徒們，居然也沒有當日發生事情的記憶。

被沉入血池的林董事長，或許再也沒有出來。

「看來我們也問不到什麼了，你們到底是信奉什麼東西啊，居然想搞這麼大的屠殺？還把主意打到我們身上？」我雙手交叉胸前開始算帳，「當年找我媽麻煩，現在找我們姐弟？」

「如果當年成功了，根本就不會有你們兩個！」老阿嬤氣到渾身發抖，「你們是多餘的命，多活了二十年而已！」

「哈，科科。」老弟噗哧笑出聲，「眞不好意思喔，看起來我們這兩個多餘的活得很好，倒是你們董事長……還是妳老公，我是不知道他想求什麼啦，但看起來是求失敗了！」

「閉嘴！這不該會失敗的！」刺青男怒吼的指著我們，「他應該能回復健康，長生不老的帶領我們，一切都不該有差錯，爲什麼會失敗——你們怎麼知道失敗了？」

我勾起微笑，嘖，看起來求知欲很強呢！

「問我做什麼？你全程就在旁邊啊！努力回想一下喔！」我彈了個指，「工資！」

我沒忘記易偉的權益，旋身就走到老弟身邊，火速跑出這間會議室。

裡頭果然立刻起了騷動，許多聲音質問著刺青男人們為什麼會不記得，事實上他們一票人當日的確是在董事長身邊的，董事長也是在他們眼皮子底下不見的。

我們跑出會議室外時，有個深紅西裝的男人竟在外面等我們，文件已經準備好了，看起來是很認眞的員工，易偉曠班本來就會扣薪，總之拿多少算多少，我們簽了名。

「快走吧。」男人下一秒竟催促我們，讓我起了戒心，「虎穴待久了都不好，這整棟都是集團的。」

言之有理，我跟老弟疾步往電梯走去，但這種時候又會開始覺得搭電梯會不會有危險，或是走樓梯？三十樓……

「坐電梯沒事的，你們快點離開吧！」男人彷彿看出我們的疑慮，「其實失蹤的只有兩個人，董事長的孫子是沒事的。」

咦？我跟老弟詫異的看向送我們前往電梯的男人，這傢伙是誰？

「但是神智已經不清，發瘋似的拼命喊著有鬼要抓他，說自己溺水在血池裡，現在都必須綁在床上。」他低聲說著，爲我們按下電梯，「但董事長與他兒子的確就這麼人間蒸發了。」

「請問您是……」老弟謹慎的打量著他。

「普通財務部員工。」電梯抵達，男人微微一笑，「兩位看起來有點累，不妨去放鬆一下。」

他迅速的在老弟手裡塞了張紙，不客氣的推著我們進電梯，我們則呆呆的看著電梯門關上。

「什麼！」我趕緊看向老弟的掌心，一團紙，是張名片：百鬼夜行。

「百鬼夜行」是間赫赫有名的夜店，晚上九點才開店，我跟老弟回到車站取行李後，再坐到首都的R區，換騎腳踏車到寧靜街上去。寧靜街一整條幾乎都是夜店，下午六點還是死城一片，只有咖啡廳跟幾間餐廳開著，夜店一間都沒開。

車子停到街尾路衝的城堡裝潢前，這裡就是「百鬼夜行」，電話打過了沒人接，現在黑漆漆一片，正門也沒有開，我們停在門口，試圖找電鈴按按看。

「好餓，先去吃飯好了！」我坐在腳踏車上，無可奈何的嘆著氣。

「這條街爆貴，我吃不起。」老弟打開手機，準備再打一次電話，「都給我們這張名片了，應該就是說可以來……吧……」

老弟說話都遲疑了，倏地回頭朝半空中看去，一片烏鴉飛過，他打了個寒顫。

「怎麼？」我不解的問，他都那樣了我才不想看。

「不太舒服，總覺得有人在盯著我們。」老弟舒了口氣，結果卻聽見「百鬼夜行」旁的小門裡傳出聲音。

我們兩個在馬路對面呆呆望著，看見店旁的小門探出個人影，接著小門微啓，朝我們招了招手，這樣招招手就進去？我們又不是傻子對不對？

但我們就是兩個要答案的傻子，所以我們最後還是扛著腳踏車進去了。

「德古拉去吃飯了，他等等就回來！」

女聲有力的說著，我跟老弟剛剛一進店裡就被要求閉上雙眼，直到現在被安排坐在某個地方，還是只能闔著眼睛……但鼻間聞到了逼人的香氣，肚子都餓得咕嚕咕嚕叫。

我聽見盤子的聲音，我們面前有張桌子，剛踩上的是高腳椅吧？我們應該是在吧台邊吧？

「好了，可以睜眼了。」伴隨兩聲擊掌，我跟老弟一睜開眼睛，看見的是擺在眼前的五道佳餚！「你們也先吃飯吧！」

哇……我們簡直受寵若驚，但第一時間是先環顧四周，這是間寬敞的夜店，我們的確坐在吧台邊，身後就是寬大的舞池，上頭有表演台跟ＤＪ台，現在店裡已經滿是聖誕氣息，處處都是聖誕裝飾、襪子，當然還有聖誕樹。

而在吧台裡的，是個穿著黑色西裝的女人，她長得相當清秀，有股中性美。

「我們老闆等等就下來，有事跟他談。」她微微一笑，「先用餐吧，放心，這都是正常的食物。」

這不強調還好，一強調我反而覺得不對勁。

「拉彌亞拉彌亞！」左邊員工出入口那兒，突然奔出一個小女孩，二話不說直接往吧台裡衝。

叫拉彌亞的女人趕緊上前，蹲下身抱住就要摔倒的女孩，「妳怎麼跑下來了？說過多少次，不可以在店裡跑！」

女孩被抱起，可愛的臉龐卻滿佈淚痕，「哇啊！」直接哭了起來。

老弟皺起眉，朝我扔了記眼神，「拉彌亞？半人半神的拉彌亞？」

「我不懂。」我學問沒老弟好，很有自知之明。

「芃姐姐要走了嗎？她不要我了嗎？」女孩抽抽噎噎的說著，哭得好可憐。

「芃芃有她的人生要過啊，她沒有不要棠棠！」接著女人轉進員工專用區，我才發現她頭髮爆長的，束在頸後的長髮居然有拖地那麼長耶！「妳別這樣！」

我們還在好奇，同一個地方又走出一個陌生男人，同樣是個顏值超高的男人。

「吃啊！我們店裡的菜可是一流的！別怕，德古拉都跟我說了！」男人走到吧台裡，親切的自我介紹，「我是百鬼夜行的老闆，大家都叫我老大。」

「您好。」我跟老弟異口同聲。

「長話短說吧，萬聖節的事是真的，儀式跟召喚也是真的，時光倒流了，不代表事情就沒發生，你們今天知道了召喚者的失蹤，就該明白一二了。」老大果然超級開門見山，「回來後都不太好過吧，是因爲你們姐弟倆體質特殊。」

我們正襟危坐，迅速吸收消化這一串話語。

「但我們在今年掃墓前，是眞的沒有經歷過這～麼～多撞鬼的事。」我只抓最後一句，「現在每天做惡夢也是體質的關係嗎？」

「有時是一種契機吧！或許你們不去掃墓，就不會有之後的那些事了，總之你們是具有靈力的人，我想看得見魍魎鬼魅也成定局了，看到的只會越來越多。」老大說話還眞是一點兒都不婉轉，「萬聖節那天就算回溯，你們也都還記得不是嗎？」

老弟即刻瞪了我一眼，好啦好啦！都我的錯，我今年就不該腦子犯傻吵著要去掃墓的好嗎！

「抱歉，您剛剛說時間回溯了，但事情不代表沒發生，是指什麼事？那個召喚嗎？」老弟忍不住問了。

老大沒回答，就只是輕輕一笑，轉身取過一個杯子，「我幫你們調杯飲料吧。」

「所以召喚成功了？」老弟聲線緊繃，拉高了音量問。

什麼！我詫異的看向老弟，「儀式成功了？」

「不然怎麼叫時光倒流，但事情照樣也發生了？我們不是回到十一點前了嗎？如果什麼事都沒發生，又爲什麼有事已發生？這擺明的就是召喚已成功了吧！」

老弟說著我根本聽不懂的繞口令，反正結論就是——召喚成功了？

「所以是召喚成功，董事長父子才失蹤？他們眞的沉進血池裡了！」我打了個寒顫，「等等，孫子活著回來，表示只有兩個人進了血池……」

我跟老弟沒有被獻祭掉，變成董事長他們自己嗎？

我記得不是要血緣一致，否則當初幹嘛找我們？

「還是我們滴血進去眞的有用？」老弟也想到這一層了。

老大沒回答我們，只是把兩杯無酒精飲料擱到我們面前。

「快吃！這些可以補充你們的體力，而且能讓你們不做惡夢。」老大敲敲桌子，「反正召喚已經成功，什麼都來不及了。」

聽見可以不做惡夢，這讓我有動筷的意願，而且這位老大眞的打算盯著我們吃飯。我跟老弟這頓飯不吃，恐怕很難出這間夜店；我們端飯就菜……眞的超好吃，「百鬼夜行」的東西這麼好吃，難怪生意好！

「那個董事長究竟召喚了什麼？德古拉說他不喜歡。」我小聲的問。

「我也不喜歡，雖是低階惡魔，但終究是惡魔，召喚的方式也沒錯，他已經來到這裡了。」老大嘆了口氣，「把他想成嗜血魔劍，一旦出鞘，不會輕易回去的……而且他根本沒有鞘能收他，畢竟儀式已經關閉。」

惡魔，聽起來眞像電影或動漫，是個比亡魂厲鬼或是墳墓區裡覬覦我跟老弟身體的「爺爺奶奶」更可怕的存在。

「召喚惡魔出來要幹嘛？腦子到底是哪裡有病，誰不求去求惡魔？」老弟不爽的唸著，「不是有陷阱、就是一定要代價啊！」

「問題是除了求惡魔外，還有人會聽你們的願望嗎？」老大突然揚起了笑容，殘酷的反問了我們。

只有惡魔會聆聽……而且方式惡質，他們卻會實現。

我忍不住嚥了一口口水，「所以，已經有惡魔出來了，他……讓我跟我弟一直做惡夢，是爲了什麼？」

「惡夢應該是你們的預知夢，跟惡魔倒沒有關係！這兩個月的風平浪靜，是因爲他不會貿然大屠殺，這太引人注意了。」老大對這個被召喚出來的惡魔看起來很瞭解啊，「他是個很講規矩的死腦筋，凡事都要許願、要契約，正當的交換！」

「交換？願望成眞的代價是……」老弟用力一個深呼吸，「又是靈魂？」

「那可是很美味的大餐喔！」老大看著我們兩個，「你們應該已經知道他下頓大餐的目標了。」

嗄？我們爲什麼會知道？我問向老弟，他一臉莫名其妙，接著老大卻指向了我們身後。

我們倆轉過頭去，舞池的中間是棵巨大聖誕樹……在我們昨晚夢境中，也有一棵掛滿器官、浴血的聖誕樹！

「天哪……」我啊了一聲，「粉圓！還有阿武！」

「老姐，妳在夢裡有拆下面的禮物嗎？」老弟緊張的抓住我的手，「樹下有一堆禮物盒！」

「我有，我拆到一張臉皮還有大腦，就對應了粉圓跟阿武……他們向惡魔許願了，那棵聖誕樹有問題？還是……」腦海中閃過了窗邊的畫面，我抬頭向上看，「百鬼夜行」的半空吊飾，上頭就有聖誕襪。

襪子。

「我在阿武房間看過，他吊在窗邊。」老弟順著我的視線回憶，「就一隻正統的紅白綠聖誕襪。」

「粉圓房間也有一隻！這個是正相關嗎？聖誕節快到了，這些裝飾跟襪子都是正常的吧？」我忍不住起雞皮疙瘩，「總不會聖誕樹有問題？」

「誰大學了還在掛襪子啦！他們鐵定向聖誕老人許願了！」老弟脫口而出，

「窗前掛襪子，期待著禮物出現——」

天才與阿武，粉圓與班花，我跟老弟瞬間都想到了——他們兩個，是不是一個希望有跟天才一樣的腦子，另一個希望跟班花一樣美麗？

結果，他們交換了嗎？

我倏地正首，希望能有個答案，結果吧台裡空無一人，別說老大了，連剛剛那個拉彌亞都不在了。

「哈囉！」我緊張的喊著，整間「百鬼夜行」裡空空蕩蕩的，喊著還有回音咧，「有人嗎？」

嗎嗎嗎嗎……回音陣陣，我緊張的張望，真的沒有人！我又是在做夢嗎？

「叔叔說吃完才可以離開！」員工專用區又走出一個女孩，少女模樣，年紀很輕，好奇的打量著我們。

「剛剛那位老闆呢？」我緊張的追問。

「嗯……」女孩突然沉默，盯著我跟老弟不放，看得我們渾身發毛，「拆禮物了嗎？」

拆禮物？什麼？我還沒來得及喊住她，女孩咻地又躲回了員工專用區。

就留我跟老弟兩個人坐在吧台邊，硬著頭皮扒飯配菜。

「老姐，妳樹下的禮物妳就開兩個嗎？」老弟突然幽幽開口。

「嗯，怎麼？你全開了？」我倒抽一口氣，「那下面至少……五、六個？」

「八個。」老弟抬頭看著我，「我全拆了。」

我詫異極了，就算在夢中，要不是禮盒迸開，我都不亂動別人東西啊！「你還有看到什麼嗎？」

老弟不語，用深沉的眼神盯著我，眉心還微蹙起，那眼神，看得我渾身不舒服！

「你別這樣盯著我，我——」手機突然震動，「哇啊！」

我是真被嚇到了，人在高腳椅上跳起來，差點沒摔下去，幸好老弟眼明手快扶住我。

訊息是易偉傳來的，我低咒幾聲點開來看，可這一看，人都傻了！我刷白著臉坐下來，立刻滑開手機，調閱了相關的新聞直播……

「我做不到！我配不上這副腦子！」音量一調大，就傳來熟悉的聲音。

老弟湊了過來，我們看著直播畫面中，一個站在高樓處的男孩，對面有人在拍他，而他站在自己窗外的高樓外頭。

是阿武。

「我想不到，我是眞的做不了，我不想要變聰明了！對不起！」他哭得涕泗縱橫，半個腳掌都在半空中了！

窗邊的人員正在蠢蠢欲動，他們隨時準備衝出去，抓住他。

「墊子鋪好！」老弟也拿出他的手機，新聞畫面有拍到樓下已鋪設好軟墊。

「都是我的錯——我連回頭路都沒有了！我頭好痛，我覺得我的腦子要爆炸了！」阿武仰天長嘯，就在這時，消防人員準備出手——

但阿武更快，他手裡握著的美工刀，直接插進自己的頸動脈裡……鏡頭晃動，拍攝的人嚇得尖叫聲起，等鏡頭回穩時，那個窗戶外已經沒有阿武了。

老弟手機新聞裡的聲音一片慌亂，所有人衝上軟墊準備救助，我這裡的鏡頭看的是扼腕傻眼的消防隊員，還有牆上留下的一道噴濺血痕。

我們都知道，阿武死了。

阿武是先割喉才墜樓，他摔在軟墊上時，美工刀還因爲撞擊緣故，連塑膠刀柄處都插入了他的頸子裡；這是我第一次渴望看見鬼，我一整晚都希望半夜醒來，能看見阿武就站在我床前，跟我說些什麼。

不過正如「百鬼夜行」所說，我跟老弟一覺到天亮，什麼惡夢都沒做，也沒看見阿武。

易偉的狀況也不好，他說那堂他有課根本不在宿舍，他沒想到早上我們才交代，晚上阿武就爬出窗戶跳樓了。易偉拍下了他的房間，滿牆的算式曾幾何時變成了：救命、對不起、我擔不住這個腦子。

我叫易偉把那棵聖誕樹丟掉，他不懂，樹是他們三個一起佈置的，他拍照片給我看時，我還真的看不出任何詭異的因素，明知道不是樹的錯，但我卻無法安心。

阿武在一堆鏡頭前死亡，自殺沒有異議，他家人去收拾房間前，我讓易偉留意那隻襪子。

「什麼襪子？」易偉一臉錯愕，還開著視訊進阿武房間。

窗戶邊，沒有襪子。

是那天跳樓時飛走了嗎？還是到哪裡去了？

「你有聽過他許過什麼願嗎？跟聖誕老人許願、或是遇到什麼亂七八糟的人？曾經說過自己想擁有天才的腦袋之類的？」我趕緊追問，「任何類似的情況都可以！」

「嘎？他動不動就說啊！大家都知道的，自從那個天才出現在電視上後，他很常說要是有吾蘇那麼聰明就好了！」

動不動就說？所以這果然是阿武的願望！

「那有提過遇到聖誕老人嗎？」

視訊那邊的易偉皺眉搖搖頭，在他搖頭的間隙，我卻看見了他後面一張可怕的臉，「你後面！」

易偉回頭，鏡頭下移對著他的胸口，「厚！粉圓，妳站在那邊嚇死人了。」

易偉把手機放下來說話，所以我啥都看不見，只能勉強倒著看見站在門口的粉圓，今天穿了件水綠色的裙子。

「你幹嘛進阿武房間？」粉圓的聲音帶著點氣忿與哽咽。

「沒啦，我只是在跟恩羽視訊，她想看一下……」易偉邊說邊往外走，鏡頭晃得很嚴重，「妳還好嗎？妳臉色好難看！」

「那個人一直跟著我，他就在樓下！我快受不了了！」粉圓突然哽咽出聲，「他追到我教室、跟著我回家，一直要說我是他女朋友——我早知道就不要變美了！我寧願跟以前一樣！」

「好好好……妳別急！」易偉把手機舉起，「恩羽，我跟粉圓聊一下，等等打給妳？」

「好！你好好看著她喔！」我急忙的要切掉電話。

「我不要了可以嗎？來得及嗎？」

切掉前，我聽見的是粉圓近乎崩潰的哭聲，以及類似踢倒什麼物品的聲音……從鈴鐺聲判定，我覺得是那棵可能無辜的聖誕樹。

孩提時代的我們，總希望聖誕老人在襪子裡放的東西都是零食、玩具，何時起變成別人的臉或是誰的大腦了？「百鬼夜行」裡老闆說儀式已成功，惡魔被召喚前來，所以是惡魔化身成聖誕老人嗎？那阿武他們是怎麼許願的？

或是去哪裡買了什麼襪子？

我立即滑開手機，上網去搜尋相關的訊息，看看最近網路上有沒有風行什麼相關的許願玩意兒……詭異的聖誕老人呢？還是許願——視窗裡突然跳出一整串類似的搜尋結果，我不由得挑了挑眉。

都市傳說的聖誕老人？喔喔，我知道，這是A大那個都市傳說社，最近在網路上很有名！我點入瀏覽，內容提到都市傳說裡有一位聖誕老人，不是送禮物的，是專門向壞孩子收禮物的，這感覺不太像啊。

「老姐！」

快到家樓下時，老弟也剛好回來，手上提了一大袋食物。

「你吃飯時間買這麼多，不怕被老媽電喔？」

「妳眞以爲今天就會有飯吃喔？」老弟翻了個白眼，「我昨天一樣沒飯吃好嗎！放心，知道妳今天提早回來，已經幫妳買了。」

我才瞠目結舌，都已經一個半月了，「老媽氣還沒消？」

萬聖節回來後，老媽展開大冷戰攻勢，別說沒飯吃了，老媽一句話都不跟我們說，完全把我們當空氣；我平時都沒回家吃晚餐，今天難得提早回來，萬萬沒想到冷戰尙未結束啊！

「還沒！我看還早得很，我都不知道該怎麼做老媽才會原諒我們了！」老弟指指門，要我開門，「如果跟老媽說我們遇到的事情，妳說老媽會不會網開一面——」

「會死吧！」我白眼瞪他，「老媽會氣炸，她會說：我不是說了不准去那個該死的樂園！看，現在出事了厚！當年我只是一間鬼屋的鬼而已，你們現在搞整間遊樂園都是鬼、還什麼召喚惡魔！」

「可是我們是無辜的啊！那是因爲老媽當年躲過，那個林董事長才針對我們兩個耶！」老弟連聲哀號。

我無奈的轉動鑰匙，「所以重點是不是依舊在：我們不去遊樂園就好了？」

喀，樓下大門開了，我正對老弟曉以大義，只是門一推開，一張森寒的臉就出現在大門後——靠！老媽提著垃圾，就站在那兒瞪著我們。

我覺得，老媽比那些猙獰的亡靈可怕一百萬倍！

老媽冷眼掃向我跟我弟，我們兩個都不敢對上眼的看向地面，她一樣什麼話都沒說，退到一邊讓我們先上樓，然後自己拎著垃圾往外走去，等待垃圾車。

該死！我們剛剛在外面講的話，老媽一定聽見了。

「怎麼辦啊？」一進房間，我就軟了，「老媽剛剛那眼神你看見沒？」

「我哪知道怎麼辦？把房門鎖起來嗎？老媽還在跟我們冷戰，應該不會來找我們講話！」老弟站在書桌邊直發抖，結果身後的房門磅的被推開。

老媽探出半顆頭，「出來。」

嗚！說好的冷戰呢！

我們被叫出去，照慣例罰跪在神桌前，老媽點了香遞給我們後，對著神桌喃喃唸著，然後我們隨她拜了幾拜。

「惡魔是什麼東西？」拜拜完畢，老媽轉過身，站在神桌旁睥睨著我們。

老弟每次這種時候都會無敵裝乖，頭垂得老低，什麼事都讓我這個老大扛，該死的老么。

我覺得在老媽面前說謊跟面對惡魔比起來，前者比較可怕，所以就算聽起來很扯，我還是一五一十的說了。

「我、是不是說過，不許你們去那個什麼遊樂園？」

怒吼聲響遍全家，我都很想跟老弟說：See? I told you so.

「所以前兩天易偉學校自殺的學生，就是他室友嗎？」老媽繼續問，我點點頭，「妳為什麼不乾脆直接問那個女芋圓就好了啊？」

「……粉圓。不是啊，我讓易偉去問，我沒有粉圓的聯繫方式，這樣直接問也很怪吧？我總不能問說：妳是跟惡魔許了什麼願，才讓自己變這麼漂亮的？」

「對，也不能問說，妳是不是跟班花交換了美貌？」老弟終於幫腔。

「問法錯了！人沒有在生死關頭前，是不會說實話的！」老媽一副老江湖的模樣，「妳要問：妳不跟我說妳怎麼突然變瘦變美的話，妳活不過三天！」

哇……我跟老弟真是瞠目結舌，恐嚇都不必考證的！

「我……我再跟易偉說……」這招好像真的有用。

「問題是易偉現在有問出什麼嗎？」老媽擰著眉，顯得很不耐煩。

「沒，粉圓太多瘋狂追求者了，好像有個很變態讓她很崩潰，最近還直接躲到朋友家去住，易偉就說要找個時間好好問。」我有點無力，在老媽罵人前先出聲，「是是是，我知道這樣太拖了，但她就是易偉的室友，不是我朋友啊！」關係隔一層就是麻煩，我嚷嚷著叫易偉去嚇粉圓，他搞不好還生氣咧。

老媽雙手扠腰，怒氣沖沖。

「所以……萬聖節那天你們都死了？後來時光倒流什麼鬼的，你們才活下來？」老媽下巴緊繃，睥睨著我們，殺氣騰騰啊嗚。

「不不，我們沒死我們沒死！」老弟趕忙否認，「我跟老姐很早就從血池裡爬出來了，在鐘響完之前我們都沒事，我們是後來逃到一半……就突然回到當天十一點前了。」

老媽眉頭又一皺，「所以誰死了？」

我心頭一懍，「幾乎……大家都……」

屍橫遍野，那是屠殺啊。

「生死有命，該死的就是會死，那個董事長父子不就沒回來！這裡面一定有問題啦！」老媽嘆了口氣，「如果儀式成功了，那你們覺得是什麼因素讓時光倒流？」

既然都召喚出來了，倒流時間做什麼？

是——我倒抽一口氣，「惡魔嗎？」

「我哪知道！去找答案啊！要等死更多人喔？」老媽用腳踢了我的膝蓋，「就發生在你們幾個身上，莫名其妙咧，等等換到易偉身上妳不是哭死？」

「哎唷，呸呸，不要烏鴉嘴啦！他現在沒事！好好的……」就他室友比較有事而已。

「還什麼聖誕禮物，許這種願的都不是什麼好東西啦！」老媽邊唸邊進我們房間，「直接問芋圓，那聖誕襪哪裡買的！」

老媽轉身把老弟買的外食拎出來，一聲半小時後開飯，就拿著東西到廚房去忙了！獲得免跪特赦令的我們立即站起，在腳麻前衝回房間！

「嚇死我了！」我驚魂未定，「老媽很強耶，她果然沒在怕！」

「好歹是當年的生還者之一啊，她一定遇過一樣的惡鬼！」老弟雙眼散發著崇拜光芒，「不過老媽說得有理，直接問粉圓最快，偉哥這種暖男行爲只是會姑息而已。」

「問題是他不給我粉圓的聯繫方式，我也沒辦法啊！」我正在傳訊息問易偉，直接要粉圓的聯絡方式。

「又不會害她！不能再等讓阿武事件發生了……」老弟臉色有點凝重。

結果手機訊息那邊傳來的是：「粉圓已經一星期沒回來了。」

這逼得我跳起身，直接打去給易偉一陣飆，一星期沒回來你不去找嗎？可易偉說粉圓不接她電話，他也不知道去哪裡找啊！

他說得其實很有理，就只是室友，他能追著粉圓到哪兒去？

掛上電話，我起了股惡寒，我覺得粉圓的狀況不妙。

「我去一趟好了，我明後天的課不重要。」老弟倚在雙層床架邊，突然做了決定。

「啥？你要去……找粉圓？」

「嗯，我還想去看仔細一點，她不在的話，我是不是有機會看到那隻襪子？」老弟突然站直身子，再度看向了我，「老姐，這幾天妳還有再做惡夢嗎？」

我一怔，搖了搖頭，自從在「百鬼夜行」吃了那頓飯後，我就沒有再做惡夢了。

「嗯，我也是，不過我記憶力很好的，最後一個夢境我反覆回憶，越來越清晰。」他筆直的走向我，「聖誕樹下的禮物。」

「八個，我知道，你全拆了。」我知道他這嚴肅的模樣一向只有兩個原因。一個是事態嚴重時，一個就是要整我時，我現在很希望是後者。

「其中一個東西，我有點好奇。」他拿出手機，很妙的居然不直接講，賣什麼關子似的，「妳應該認得。」

就在他把手機轉過來給我看時，我的手機同時響了起來。

這大概是我人生中罕見的同步雙重驚嚇，我看著他的圖片一時無法回神，但是我掌心手機的訊息來源更加讓我震驚。

「小羽，我是粉圓。」

什麼事情都沒個苗頭的前提下，人們迎來了平安夜；林董事長失蹤事件依舊沒有出現在任何新聞媒體上，天才的殞落已經被人所淡忘，他的團隊接下了公司運轉，持續上櫃上市，證實了真的沒有人是不可替代的。

阿武的宿舍已經清空，家人心碎的離開，易偉把那棵聖誕樹拆掉並收起，因為他覺得家不成家，看見阿武的房門他都會悲從中來，而粉圓不再回到宿舍又讓他覺得孤單，這個聖誕節眞的太難捱了。

玉舒主動約老弟過聖誕，但老弟不在首都，就算在……他也不會答應吧？

我上網搜遍了所有訊息，沒看到什麼奇怪的許願訊息，所有網頁充斥的A大都市傳說社的「聖誕老人」傳說，鋪天蓋地，看到我都會背了！不過有零星的網站因此討論關於「掛襪子」許願這件事，好奇著如果世界上眞有聖誕老人，那他完成願望的等級到多高？

一隻襪子，可以承載多大的願望？

這個平安夜，即便懷抱著不安的心思，我還是盡力打扮了一番，來到百貨公司的廣場上，準備與易偉見面。

這兒附近全是商圈與百貨公司林立，各棟間還繞出了一個寬廣的中央廣場，處處歡聲笑語，完全聖誕風格的裝飾，燈海燦爛，滿滿的節慶氣氛。中央廣場正中間有一棵巨大的銀色聖誕樹，妝點得七彩繽紛，燈光閃爍不斷，還有許多小卡讓大家書寫願望，繫在聖誕樹上頭。

廣場呈寬廣方形，被四棟建築物包圍，四周圍還搭建小木屋、雪橇、麋鹿等應景的場景，供民眾合影留念，吸引人潮，我們就是約在這棵樹下，今晚由易偉負責規劃，所以我都沒過問太多。

我提前抵達，先站在廣場上等待，四周牆上都是電視牆，上面正播放著各式各樣的廣告，甚至還有熟悉的人影出現。

「寶貝！」粗壯的手臂驀地由後將我抱了個滿懷，「我來囉！」

我早就知道他來了，淡淡嗯了聲，「是我早到了！」

「妳在看什……喔喔，是她啊！」易偉抬起頭，螢幕裡的亮光在他眼裡跳躍著，看上去閃閃發光，「妳可以比她更耀眼的！」

「這話題我們談過很多次了，我沒有想跟誰比。」我抓過他的手臂，「走吧！我餓了！」

易偉摟著我，但雙眼依舊盯著螢幕廣告著秋冬新色的模特兒，黑色的長直髮，盈滿氣勢與神祕感的女人：我以前的勁敵。

易偉預約一間美式餐廳，我本來就不是那種講究氣氛的人，美式餐廳反而更適合我，平安夜自然人滿爲患，幸好他有事先訂位；聖誕套餐一一送上，上頭放了許多槲寄生的飾物，我大口灌著可樂，咬著漢堡，看起來食欲滿滿。

今晚，絕不是能餓肚子的時候。

門口那兒有些騷動，但我沒有理睬，我只是看著易偉，咬著薯條。

「怎麼啦？妳今天有點怪。」他認眞的握住我的手。

「粉圓找到了嗎？」

易偉搖了搖頭，「我開始覺得她跟某個男生走了，妳知道她變美後，整個人都……變了。」

「其實不只是她吧！大家都變了！」

「厚！」易偉立即放開了我的手，極度不耐煩的朝旁看去，「妳不會還要跟我講萬聖節的事吧？」

「每個人都變了，就你沒變啊！」我拍了桌子站起，「你的變化就是你身邊的變化，你懂嗎？」

餘音未落，店內突然又起了一陣騷動，門口的玻璃門被推開，一個巨大壯碩的聖誕老人擠進了店裡！

咦？他幾乎就站在我旁邊的走道上，服務生上前愉快的高喊著：「歡迎光臨！」

「哇！」整間的客人都興奮的笑了起來，居然有聖誕老人耶！

這什麼東西!?我下意識往牆壁縮了點，不想與這個東西太靠近……這哪是什麼聖誕老人？他全身上下都在滴血，而且身上還纏著一堆怨靈啊……不，我們要嚴謹點，不是「纏」，而是好幾個靈體被他用繩子綑著，掛在頸子上啊！

「嗬嗬嗬！」聖誕老人低沉且中氣十足的聲音笑了起來，在店裡灑著糖果。

哇！一堆人搶著去撿，看著聖誕老人在狹窄的走道裡移動，我則不安的左顧右盼時，卻在店外發現了一閃而過的身影。

「在這裡等我！五分鐘！」我撂下話，直接離開了餐廳！

「恩羽？」易偉的叫聲被淹沒在我開門的鈴鐺聲中。

我準確的抓到對方的背影，尾隨他們而去，結果那三個人繞了一圈，竟是繞到我們那間美式餐廳的廚房後門！我趕到時沒敢進去，因爲裡頭聽起來非常可怕，除了尖叫與慘叫聲外，還有鍋碗瓢盆掉落的聲響，以及那一聲聲聽起來就讓我發毛的——嗬嗬嗬！

不到兩分鐘，身上帶血的男人奔出後門，手上拉著剛剛在電視廣告上出現的氣質美女……當然，她現在看上去有點狼狽。

「……馮千靜，」我伸手抵住她，朝裡頭瞥了一眼，「裡面那是什麼？」

「咦？」馮千靜抬起頭，看著我一陣錯愕，「唐恩羽？妳在這裡幹嘛？」

「我在這裡吃飯啊，平安夜，我在約會。」我狐疑的皺眉，「裡面不會是什麼都市傳說的聖誕老人吧？」

「對。」她身邊的男人說著，「妳朋友？」

只見馮千靜似笑非笑的挑了嘴角，「哼……好啦，朋友。」

「我不管你們來幹嘛的，快點離開這裡，今晚這裡不會有好事。」我鄭重的看向他們兩個，「越遠越好。」

馮千靜略爲吃驚的看著我，「妳覺得我剛遇到的算好事嗎？」

她身邊的男人打量了我一圈後，客氣的開口，「妳好像……也不太平安。」

唷！我吃驚的看向那個長得還不錯的傢伙，也是看得見的人嗎？

「我……」我看著來回晃動的門板，那裡面依舊站著駭人的聖誕老人，「不管怎樣，快點離開這裡，我沒辦法顧及妳。」

「開玩笑，唐恩羽，我什麼時候需要妳照顧了？」馮千靜拍拍我，「大家有各自的事要解決，互相小心吧！」

我無奈的嘆口氣，男人要我快點離開，離那位拎著斧頭的聖誕老人越遠越好。我們一同奔離了餐廳後門，我看著他們下樓後朝中央廣場那邊去，我眞心希望他們可以快點離開這裡。

整理好情緒，我想回去餐廳，但才轉個彎就撞上了易偉！

「哇！」我嚇得後退，防備性伸手就想揍人了，易偉準確的抓住我，「嚇死我了！你怎麼出來了？」

「出事了！餐廳裡發生傷人事件，大家都嚇得跑出來了！」易偉手上拎著我的包包，但眼神卻越過我往樓下看，「等等……那是馮千靜嗎？」

我回首，看著樓下朝聖誕樹奔去的背影，一把搶過包包揹上後點點頭，

「對，我剛就是看到她，去打聲招呼。」

「嗯……」易偉凝視著樓下，我動手箝住他的下巴扳過來，「喂！看別的女人這麼認眞幹嘛？我正還她正？」

呵……易偉笑了起來，摟著我在我唇上啾了一下，「當然是妳正！世界上沒有人比我的唐恩羽漂亮——即使在格鬥場上也一樣。」

我笑了起來，滿意的點點頭。

餐廳的人員緊張的前來疏散，剛剛那位聖誕老人鬧這樣一齣，把客人都嚇壞了，我倒還好，有種免費賺得一餐的感覺。

我們匆匆的下樓，警車與救護車隨之抵達。易偉依舊摟著我，突然中斷的晚餐讓我們有點難找到下一個地點，食物也只吃了半飽，但卻沒辦法再進入哪間餐廳。

我看向聖誕樹下的身影，馮千靜他們還在這裡啊……

「我眞的覺得在場上耀眼的應該是妳。」易偉遠遠望著她，突然又提起那個話題。

「我本來就很耀眼，是不是冠軍都很耀眼的。」我拉過了他，「我說過，我不跟任何人比。」

「恩羽！妳是格鬥者，既然都參加了比賽，怎麼會不想跟別人比？」易偉焦急的追上我，「妳爲什麼要因爲她就這樣放棄一切？」

我不爽的停下腳步，回身瞪向他，「我們是不是很早就討論過這個問題了？我什麼時候爲了馮千靜放棄一切？我就只是單純不想再比賽而已！」

我忿怒的轉身離去，快步的朝聖誕樹的反方向走，我要走得越遠越好，離開鬧區、離開這個百貨公司的商圈！

「唐恩羽！」易偉追上來，趕忙拉住我，「對不起對不起！我剛話說重了。」

我看著周遭，縮起頸子，「我們去別的地方吧，這裡也沒得吃。」

「嗯，我想想去哪裡……」

「去山上吧！我們去便利商店買吃的，去老地方看日出？」我挑了眉，「那兒應該還是祕境啊！」

易偉看著我，沒有遲疑的點頭說好，他永遠都是這樣對我的。

我們到便利商店買了熱食跟酒，還買了兩件輕便雨衣準備當野餐墊鋪著，高中時我們就常到市區一座小山去，那邊現在開發出許多夜景咖啡館，但能看夜景的地方很多……沒開發的地方更多啊。

十二月底寒風陣陣，騎機車更是刺激，我環著易偉都拼命直打哆嗦，好不容易頂著刺骨寒風到了我們的祕密基地，我忍不住綻開笑顏，果然沒有人。

易偉將機車停妥，我們拿手機手電筒照亮地面，這兒完全沒有路，只有盤根錯節的樹根跟草地，又跳又跨，總算進入樹林裡，林子裡熟悉的大石子還在，這兒有塊巨石，有點兒斜，但勉強還能坐。

坐在這裡，可以直接看到城市夜景，眼前縱有三五棵樹擋著，但視線不受影響，再過去就是懸崖，但有兩公尺遠，很安全。

我們打開雨衣鋪妥，就開始盡情野餐，怕手機耗電不能一直開著手電筒，反正眼睛適應黑暗後，就沒這麼暗了。

「我再說一個，拜託，別生氣。」易偉突然拉起我的手，「妳退出格鬥場，不就是因爲贏不了她嗎？」

又來！我想抽回手，卻被他緊緊握住。

「說好不生氣的。」他撒嬌般的嚷著，把我拉向了他一點，「就是她擋在妳面前啊，所以妳——」

「對，這是事實，論天賦我就是不如她，永遠的亞軍，唐恩羽。」我轉向他，「是我的能力不足，不是她的問題。」

「不，就只是差一點點而已，妳也能擁有一樣的天賦。」易偉認眞的凝視著我，「只要妳願意，我能夠幫妳。」

「幫我什麼？」我冷冷笑著，「讓我像阿武粉圓他們一樣？許願後把襪子掛在窗戶邊，等待聖誕老人給我禮物？」

「對啊！」他雙眼熠熠有光，「今晚是平安夜！」

我瞪圓眼睛看著他，「你還跟我說對？阿武怎麼了你是看見的，你還信這種東西？你知道我剛剛才看見都市傳說的聖誕老人咧，他還不一定是給禮物的好嗎！」

「那個喔……不同掛的啦！」易偉搖了搖頭，再度拉起我抽回的手，「我知道阿武跟粉圓的事，但是我想到的是……他們的變化是真的！粉圓變瘦變美、阿武變得聰明了對不對？」

「易偉！」我忍不住吼了起來。

「粉圓只要避開追求者就好了，搬家、換地方，阿武……我承認他是有點脆弱，但妳不一樣！」易偉居然在說服我，「妳那麼堅強，妳只跟馮千靜差了那麼一點點，多要點天賦不會怎麼樣的！」

「多要點？你──」我欲言又止，易偉不知道那不是要來的，而是跟別人交換的！

「反正就當好玩也好，我知道妳討厭我提這件事，但是……我是妳男友，我們在一起這麼多年，我看著妳在這個業界的輝煌與退出我替妳不甘心！」易偉激動的喊著，「妳退役那天哭了很慘我還記得，就……試試看，掛襪子就好？」

他說著，居然從口袋裡拿出一隻聖誕風的襪子，滑下大石，煞有其事的掛上前方的樹枝。那隻襪子，跟阿武他們的不同。

人心是脆弱的，看著阿武與粉圓的變化，易偉想到的是怎麼樣去獲取不屬於自己的東西，雖然是為了我……這就是惡魔能吸引人的地方吧！

「什麼玩意兒啊!?」

「襪子啊！」他嘿唷的又跳回來，從褲子後方口袋抽出皮夾，裡頭翻找了一下，隨興抽出了一張折疊的紙張，「喏，我不看，妳寫。」

接著，他還遞出了筆。

我看著那張便箋，接了過來，「正式的約好，今天之後，不許再提這件事。」

易偉做了個困難的深呼吸，還是點了點頭。

其實我早就說過，不喜歡提起以前格鬥場上的事，我也不喜歡大家在那邊說加油啊、努力練習，總有一天能成為冠軍的！家人都很清楚，所以絕口不提這件事，反而是易偉或是朋友們很喜歡哪壺不開提哪壺！

我讓他背過身去，嘆口氣後，在紙張上沙沙寫著，最終也滑下大石塊，走到襪子邊。

聽見動靜的他轉過頭，開心的拍手，「不管怎樣，我其實希望聖誕老人眞的能實現妳的願望！」

我淡淡笑著，把手抽了出來，「你從現在開始都不能動這隻襪子。」

「好！不看！」他認眞的點點頭。

「你呢？你許願了嗎？」我緩步走近他，將筆遞還給他。

易偉看著眼前的筆，再抬頭看向我，勾起一抹寵溺的微笑，「我的願望已經成眞了啊！」

他猛然一把拉過我，把我往他懷裡拽，我登時被拉上石塊，被他緊緊擁抱著。

溫暖的胸膛，略快的心跳，熟悉的氣味，這男人這聲音這雙臂都是我最愛的男人！

到底，哪部分不是呢？

「你要怎麼樣才肯離開呢？」我輕輕抵著他，離開他的懷抱，穩坐在大石邊。

「嗯?妳想走了嗎?」易偉顯得有點錯愕，「不是說要看日出嗎?」

「你，怎樣才肯離開?」我重複問了一次。

易偉皺起眉，完全不懂我在說什麼，「我剛說錯什麼了嗎?妳爲什麼要生氣?」

「我不能許願讓你滾回去地獄對吧?我也不能確定這樣說會有什麼陷阱。」我喃喃自語，嘆了口氣。

「恩羽?」他伸出手，再度想握住我。

「我知道萬聖節那天儀式成功了。」我沒有閃躲，反而搶先一步反握住了他的手，「你附在易偉身上!所以是你將時光倒流的。」

「厚!恩羽，妳還在執著萬聖節的事!那我們也來約法三章好了，我不提格鬥場的事，妳跟唐玄霖也都不要再提萬聖——」

「想要變得像人類，你還需要練習!阿武他們在你的慫恿或設計下許了願，他要跟天才交換腦子，粉圓想要班花的美貌與身材。」我無情的打斷他的裝傻，「但你知道最不正常的是什麼嗎?他們痛苦的瀕臨崩潰，你卻無動於衷!」

「我沒有無動於衷!我很擔心他們啊!我一直在照顧他們!」易偉不平的嚷嚷起來，「恩羽，妳才是奇怪的那個人啊!萬聖節之後妳就變得疑神疑鬼，妳以前不是那樣的人！」

「我沒有疑神疑鬼，因爲我確定你就是惡魔，我不需要懷疑！」我凝視著他，「整個遊樂園裡只有我們三個有時光回溯前的記憶、只有你沒有做惡夢，我再說一個：儀式結束前只有你在血池裡！」

我冷不防抓起手邊的水瓶就往易偉身上灑去。

粉圓寄給我的是mail，她說易偉那天玩票式的買回聖誕樹、三隻襪子，給了他們一人一張紙條，說要懷念童年，把願望寫下來放進襪子裡，說不定聖誕老人眞的會給他們禮物。

大家不置可否，但還是笑鬧著玩，易偉卻突然非常認眞的說，要誠心誠意，不要亂許微小的願望，因爲他覺得會實現！所以阿武許了平時愛嘴的那個「跟天才交換腦子」、粉圓希望「能擁有班花一樣的美貌與身材」。

紙條放進襪子，掛在窗戶的隔天開始，他們在七天內漸進式的得到了他們的願望。

易偉都說只是心理因素，無視他們過大的變化，而突然擁有奇蹟禮物的他們只顧著愉悅沉溺，誰也不在乎背後的因素——直到天才自殺、班花與阿武跳樓，粉圓才眞正覺悟。

那天在視訊切斷前，我聽見她哭喊著不想要這份禮物，不是在跟易偉聊天，而是對著易偉懇求的。

「哇啊——」慘叫聲從易偉身上傳出，不是他的嘴裡，而是來自他的身上！

他驚恐的向後倒，從石塊邊滑落，但是俐落穩健的一秒半空彈起，又穩穩的站在地上。

剛剛那困惑的眼神，轉眼消失。

「我就覺得妳會知道。」他帶著點無奈，低頭看著被水燒出焦痕的衣服，「居然找到東西傷害我，妳捨得？」

水沒有在他衣服上噴溼，反而是燒出一個大洞，易偉不耐煩的直接扯掉那件襯衫與內衣，衣下是我熟悉的八塊肌，但還帶著一張張我熟悉或陌生的人臉。

『啊啊……』在左胸的是削瘦狂亂的阿武，在易偉身上燒灼出的洞就是他的臉，他痛得喊叫，卻沒有手可以竄出。

『我的臉！我的臉！』左腹下方那張漂亮的臉蛋是粉圓的，她依舊美麗，但是眼窩瘀青紅腫，她的臉是浮雕般的凸出於易偉的腹肌處，但是看上去緊緊相黏，掙脫不了。

除了這兩張我認識的臉外，還有好幾張我沒見過的臉，都嵌在易偉的身上。

「別怕，現在有點嚇人而已，明天就會消失了。」易偉用日常的溫和笑容對著我。

隨著易偉的話音甫落，阿武跟粉圓在他身上的嘴巴就密合了！它們迅速與皮膚融爲一體，變成只有眼睛與鼻子的臉，鑲在他的胸膛上；但是剛剛被燒灼的地方並沒有癒合，易偉顯得有點困惑，接著立即表達不爽。

「那是什麼東西？居然損害我的身體！」

「也只能造成一些小傷而已，我希望的是，讓你離開這具身體。」我滑下了大石頭，冷冷的瞪著他，「滾！」

「我怎麼捨得呢！親愛的恩羽。」易偉用再平常不過的口吻說著，「保下妳，可是這具身體的唯一願望呢！」

我雙拳緊握，天曉得我要多克制才能壓下怒火，阻止自己上前揍人！

「他向你許願？」我咬著牙問。

「是啊，不然妳以爲時光倒流怎麼來的？妳還能在這裡過著平安舒心的日子嗎？」他笑了起來，「這是他身爲主祭物的福利，我給他一個願望，他希望你們平安，那一切都沒發生過，所以——」

他朝空中一彈指，四周陡然出現了藍綠色的磷火，看上去有些瘮人……火不可怕，可怕的是那一團團鬼火下，都站著一個亡靈！

密密麻麻的亡靈曾幾何時已經包圍住我，我不敢看得太仔細，因爲那些似乎都是在這山上車禍而死的人們，死狀都不是太美觀。

「我跟我弟並沒有死去，爲什麼你能被召喚？」我不解的是這點，「而林董事長父子卻失蹤了……」

「呵……因爲從來就沒有特定需要你們姐弟倆，或是……令堂。」易偉滿意的勾起笑容，「我就只是要一百條靈魂，就剛好缺兩個！說到妳媽，嘖嘖嘖，眞不是一個簡單的人啊……」

只是要一百條人命？我都愣住了，所以二十二年前那場遊樂園鬼屋火災，本不需要特定身分的人，只需要能燒死一百人就好，偏偏老媽帶著另一個人逃了出來！

「可是爲什麼那個林董事長這麼執著我們——」

「你們人類喜歡儀式感啊！我當然要弄得複雜一點！」易偉居然還流露出無可奈何，「難一點，才有達成的意義。」

所以孫子活下來，但是卻瘋了，我沒興趣知道他在血坑裡看見了什麼，總之光他爺爺跟爸爸就剛好湊齊了一百人。

「林董事長求什麼？」

「恢復健康，長生不老。」易偉回答得乾脆，「他已經是了。」

他指指自己，被吞噬掉的靈魂，果然獲得了永生嗎？我也忍不住笑了起來，完全沒有同情的必要。

尤其，因爲這莫名其妙的邪教，把我們扯進去，還害得我的易偉成爲惡魔的宿主！

「那你要什麼？」我主動提條件，聽說他是個喜歡談交易的惡魔。

「喔，喔喔喔，妳怎麼這樣可愛！妳在跟我談條件？妳能實現我的願望嗎？」易偉忍俊不住的笑了起來。

夠了！我的忍耐到極限，我上前拋出甩棍，直接一記往他頭上尻下去——手才舉起，易偉就用我肉眼來不及看見的速度，擋下了我的手勢，然後還一把摟了我入懷。

「很噁心！放開我！」我低吼著，馬的我正貼在他滿是一堆人臉的肌膚上。

「我答應他讓你們平安，但是如果是妳自己許願就不關我的事了對吧？我一定會完成願望的，然後再好好品嚐你們的靈魂。」易偉噁心的伸出舌頭，在我臉頰上舔了一口，「來看看，妳許什麼願呢？」

我咬牙推著他，但完全掙不開，看著他伸手向後朝著襪子的方向，彷彿這樣就能讀取到什麼似的。

「空的？妳沒放進去？」他瞬間變臉，「妳不是應該要那個馮千靜的天賦嗎？」

「我要那種東西做什麼！她是她，我是我，我唐恩羽向來不拿不屬於我的東西——」我曲起雙手，用手肘頂著他，「你他馬的放開我！」

易偉是鬆開了手，我踉蹌向後，看著他身上那幾張臉就覺得想吐，硬讓我貼著是什麼意思？

「眞無趣，這是多難得的機會！」易偉顯得很不滿，「你們人類有時都會自以爲偉大，好像自己多與世無爭似的。」

「我沒有與世無爭，但我不是傻子，看著阿武他們的前例我哪敢許啊？而且不勞而獲的事沒一件靠譜的！哪個白痴會信？」

餘音未落，我看向易偉身上的靈體……好啦，總是有些白痴。

「好，妳不要馮千靜的天賦，那總想要點別的什麼吧？」他眞有耐心的循循善誘。

「你知道我最想要什麼，但你給嗎？」我話不說出來，只是瞪著他。

易偉搖著頭，再搖了搖頭，好不容易被召喚出來的他，怎麼可能脫離宿主的身體！

「百鬼夜行」的老闆也告訴她了，惡魔附上易偉時間太長，靈魂已經被一點一點融合吞噬，現在都已經晚了！要嘛就得在剛上身時解決，現在都已經要兩個月了，易偉的意識與靈魂可能已經消散，剩下惡魔而已。

「他很愛妳，所以不忍傷害妳，這兩個月來我也很尊重他的意思，但、是——」易偉語重心長，「如果妳會妨礙我，妳知道我不能容妳……我是說你們。」

他說著你們時，突然往左方看過去！

咦？我緊繃著身子，不想流露出緊張感，但是我卻聽見了腳踩斷樹枝聲，忍不住皺著眉嘖了聲。

「嘿，阿霖！別躲了！」他打著招呼，而應該要躲在暗處的老弟倒也沒含糊，也是一派輕鬆的走出來。

「嘿！偉哥！」

我看著撥開樹枝跟閃躲亡魂的他，一邊哎唷一邊借過的來到我身邊，他聳肩攤手，一副偉哥早知道的模樣。

「你們姐弟感情眞的很好，從頭到尾都跟著呢。」易偉用羨慕的口吻說著，聽起來眞令人不快。

「粉圓死了，被那個瘋狂的追求者殺了，警方在那個男人的浴室裡找到一半的她。」老弟無奈的說，「已經兩星期了。」

所以郵件是預約發送的嗎？老弟前兩天就下去找人了，一直沒找到，我也有心理準備！剛剛看見她的靈魂在易偉身上時，也只是證實了猜想。

「她變美了，這是她希望的，變美變漂亮，受到大家的注目。」易偉滿臉堆著得意，「看看她那由內而外散發的自信，多迷人，那是我……認識她這麼久以來，最自信美麗的時刻。」

「問題是你有跟她說代價是命嗎？這樣交易好像不太透明耶！」老弟轉過身，提出疑問，畢竟聽說這是位異常有原則的惡魔。

「凡事都要有代價，這是常理，而且容我提醒一下，代價是靈魂喔！」易偉做出舔舌的動作，「這些都是我美味的平安夜大餐啊！」

「其實什麼聖誕節傳說或是平安夜一點關係都沒有，你只是先從易偉身邊的人下手而已，激發他們的欲望，然後獲取靈魂……」我深呼吸一口氣，「我其實不想管你的所作所爲，但你不能利用易偉的身體做這些事。」

呵……易偉笑了起來，「親愛的，沒有我，他就是具屍體而已。」

啊啊……這是我最不願聽到的答案！在萬聖節那天，我把他搬上遊園車時，他就已經死了！

或溺死或是被上身，在血池中時，就已經不在了！老媽那天點醒了我，是誰讓時光倒流的？時光倒流後為什麼林董事長他們沒有回來？該發生的事就是發生了，該死的人就已經死了。

易偉如果如同其他遊客一般，就不該會記得儀式的事情，也不該會那麼不在乎，沒有任何後遺症，甚至對阿武他們的詭異變化無動於衷。

反正，這兩個月的一切，都只是假象。

「老姐，」老弟按住我的肩頭，「我也很喜歡偉哥，但真的不能……」

他看著我的眼神帶著擔憂，老弟是一開始就覺得一切有問題的人，也是堅定的認為易偉不能留的人。

但他是我愛的人。

我看著眼前怎麼看都很正常的易偉，他正面向著我們，事實上他身後不到一公尺的地方就是懸崖，只要把他推下去……一切就結束了。

沒有宿主，惡魔是否就無所依憑？他是透過儀式前來的，在血池中得到祭品，並進入易偉的身體。

「哇，哇哇，你們不會以爲能對我怎麼樣吧？我這麼被小瞧嗎？」易偉顯得有點受傷，很假！「我是對這傢伙擁有妳這種女友感到羨慕呢，但對我來說是個麻煩，怎麼這麼剛好是具有力量的人咧！」

老弟朝我頷了首，做好心理準備的轉向他，「抱歉了，偉哥，我們不能讓你得逞。」

「抱歉什麼啊？」易偉雙眼含著笑意，連動都沒動，包圍著我們的亡魂突然朝我們聚攏過來了！

咦？我一揮手就拿甩棍朝就近的亡靈揮下，但鬼海戰術未免太不講武德了，他們整團逼近，我們打一個、他們上來十個，根本措手不及！

「啊！」我跟老弟被迫分開，他們扯著我的頭髮我的衣服把我向樹林裡拖去！

開什麼玩笑啊！這裡頭連條路都沒有，我這樣被拖進去不必十公尺身體就血肉模糊了吧！

「我答應他要保你們平安的，這眞的很煩！但只要我不碰你們就好了吧！」易偉含笑朝我們揮手，「是這兒枉死的亡者們下的手，不關我的事。」

「別碰我姐！」老弟大喝一聲，身上突然迸出一道短暫且刺眼的光芒。

須臾刹那，但足夠讓這些亡者們驚嚇逃竄，抓著我的手陡然一鬆，我整個人狼狽的掉落在地！我前方的老弟也一樣，他趴在地上，但沒有任何遲疑，突然一骨碌躍起就往易偉衝去。

「唐玄霖！」我來不及，我不敢相信他想幹什麼！

易偉定定的看著衝去的老弟，嘴角卻揚起一抹笑，志在必得似的輕輕舉手，像是要對老弟施什麼法。

但，也只是個手勢。

老弟直直的撞向他，把他狠狠的朝身後的山崖推了下去——這一切僅換得易偉一秒閃過的錯愕，因爲他下一秒單用一隻左手，輕易的就扣住老弟的咽喉！

而易偉的雙腳彷彿生了釘般，上半身縱使被老弟推撞向後，也能呈現四十五度般的釘在地上。

斜站在地面，地心引力在他身上發揮不了任何作用。

老弟是嚇到了，他的衝力也在瞬間被化解，我手腳並用才爬起來，看著他狠狠掐住老弟！

「易偉！」我緊張的大吼著，易偉卻輕易的將老弟拎了離地。

「呃啊！」老弟雙腳驚恐的踢著空氣，易偉後退兩大步，一轉眼就到了崖邊，再轉過半個身，老弟就被他挪到了半空中，只要他一鬆手，掉下去的就是老弟了！

「哇……哇哇哇！你們做了什麼？」易偉明顯的怒氣上升，「能封住我的力量，單憑你們根本不可能做到——誰！是誰在幫你們？」

老弟臉都漲紫了，我衝到易偉面前，卻不敢再往前，就怕他突然鬆手……我跟老弟原本是盤算趁其不備推他下去！這裡是我選的，不管有沒有遇到那個亂七八糟的聖誕老人，我都會把易偉帶來這裡，而老弟早就趁機在這裡下了針對惡魔的封印，準備妥當的陷阱！

力量是封住了，剛剛他出手時無法施展魔力，但這無法改變他就不是個人的事實！他一樣可以輕而易舉的拎起老弟啊！

「說，是誰？你們本事沒這麼大！」易偉手伸得更直，把老弟遞出去更遠些了！

「你給我住手！」我怒吼著，但是我們再怎樣，都不可能供出「百鬼夜行」，「不許你動唐玄霖！」

背對著月光的易偉瞪著我，他雙眼漸漸泛出了紅光，我僵在原地，我該怎麼辦啊？老弟被當作人質這件事，我沒算到啊！

「你……咳……」老弟連說話都痛苦了，「我……不能動我的……」

「其實他只說了不能傷害唐恩羽而已……只是因爲前陣子他的意識還在，所以我跟著愛屋及烏罷了！區區人類，眞的覺得我會怕你們？」易偉轉頭瞪著老弟，「若不是你們有人幫忙，我光召喚這座山的怨靈就可以把你們撕碎！」

「唔……」老弟伸手想抓開扣在他氣管上的指頭，異常困難，「我……我說……」

「唐玄霖！」我緊張的喊著，「不可以！」

「我要知道誰在幫你們壓制我的魔力，我就把你好好的放回你姐身邊。」易偉邊說，眞的挪動了身子，把老弟移回地面。

他雖然依舊懸空，臉色依舊漲紅，但至少腳下不是懸崖了！

「我……」易偉可能鬆了手上的力道，因爲老弟能開口說話了，「是……」

「我要許願了！易偉！」我搶白大喝，「『百鬼夜行』是我們的底牌，我們只是普通人，以後萬一出什麼事，能壓制惡魔的只剩下『百鬼夜行』了啊！

「我先許願！」老弟猛然跳起，突然扣住了易偉的手，「你得完成我的願望！」

一張字條突然從老弟的掌心裡出現，距離很近，光線很暗，但我還是可以認得那就是易偉剛剛遞給我寫願望時，一模一樣的便條紙！

他以爲我不會注意，那紙張的邊框，其實都寫著條款，關於願望達成後，靈魂將歸惡魔所有的代價，只是根本沒有人會去注意——這就是惡魔契約！粉圓跟阿武都是用這張紙條，把願望寫下放進襪子裡的！

「唐玄霖！」我簡直不敢相信，老弟爲什麼會有那張契約書!?

易偉身上開始著火，冒出了硫磺的臭味，他像個活體岩漿般越來越高大，人類的形體終被橘光與岩漿包裹，形成了一種高大但可怕的姿態。

老弟驚恐的踉蹌向後，沒兩步就被樹根絆倒跌落在地，他恐懼的趴著轉過身看向我，但那雙眼睛卻無此的鎮定！

「你許了什麼啊?」我尖叫著，「你居然敢搶先你老姐一步！」

唐玄霖笑了，用那清秀儒雅的臉蛋笑了起來，「老大總是要讓老么嘛！」

易偉身上迸出了強光，強大的風壓迫使我們睜不開眼的趴在地上，如果生命就到此爲止的話，馬的我會有一堆遺憾。

我們沒有把他踢回地獄去啊啊！

磅——一股慣性力道傳來，我整個人往前撞去，胸口與頭毫不客氣的撞上了前面的物品！

「噢……幹！」我胸口被撞得超疼，緊緊的抓住手邊的東西，才發現……是椅子？

腦子一片混亂的環環相扣，我抓著遊園車的軟墊椅子，而我前方那個撞上方向盤的傢伙，是老弟。

咦？鼻間傳來刺鼻的血腥味，我趕緊往車下的地板看去，滿地殘缺的屍體，昏暗的天空，帶著萬聖節裝飾的路燈，還有……我倏地回身，在後座的椅子上，躺著臉色死白、渾身濕透的易偉！

「易偉！」我回頭揪著他的衣服，他冰冷且無氣息。

我們就停在斜坡上，在萬聖節那天我們加速逃離的遊樂園裡，俯瞰著十字大道旁散落的屍體，以及中間那窪血池。

「唐玄霖，說話！」我緊緊握著飽拳。

「我不要時光倒流。」唐玄霖回過頭，鬆開煞車，開始倒車，「我許願要時間回到正軌，就回到萬聖節那晚。」

不需要和平的假象，時間不需要重來，讓時間的洪流朝著常規流動。

因爲是斜坡，不需要費多大力氣車子就能一路滑下，那血池邊的人們依舊趴在那兒跪拜，拜著他們崇敬的主人……惡魔。

車子重新來到血池邊，肉眼可見的血池正逐漸縮小，儀式結束、惡魔已被召喚而來，所以通道就不需要了。

我的手貼上易偉的胸口，我感受不到任何心跳，回到萬聖節這天，就是我會失去易偉的日子……嗯？我忽地顫了一下身子，感受到掌心間傳來微弱的心跳，他活過來了！

帶著惡魔活過來了！

「老姐！」老弟跳下車來到易偉身邊，雙手抓住他的肩頭，低聲出口。

我迎向他的雙眼，痛苦的深吸一口氣，抱著易偉的腳把他拖下車！

『啊啊啊……救我！救救我們……』

『不可以！你們想做什麼!?』

一時間，哀鴻遍野，所有在遊樂園中慘死的人們竟已經化爲鬼魂，朝著我們或爬或走的踉蹌聚集。

「哇……」老弟緊張的看著亡魂們的移動，忍不住發寒，「媽呀！這些加起來幾百人耶！」

「動作快點！」我催促著，讓老弟快點先把易偉沉回血池裡。

對！從哪裡來，就從哪裡滾回去！

我看著易偉的臉沒入水池時，全身都在發抖，我正在親手殺掉我的男朋友……我闔上雙眼，選擇別過頭去，接著一咬牙的鬆開手！

唰──電光石火間，一雙手從血池裡竄出，緊緊抓住了才剛放手的老弟！

「哇──咳咳咳咳咳！」易偉緊緊攀住老弟的雙臂從血池裡冒出來，拼了命咳嗽，「咳咳……咳咳咳……」

他上氣不接下氣的轉過頭來看著我，一臉迷茫，「恩……恩羽？」

他活過來了，現在的他，身體裡頭已經有惡魔了！

「把他沉下去！」我大喝著，「你滾回你的地獄去吧！」

老弟趕緊扳開他的手，再度把他往血池裡壓，剛融合時的惡魔沒有那麼強的力道，是我們還能掌握的時刻。

「不……這是做什麼？恩噗……羽？」易偉恐慌的喊著，「你們在說什──噗嚕嚕！」

老弟毫不含糊的壓著易偉的頭往血池裡去，我也協力的把他的身子朝池裡推，看著血池口越來越小，要在關閉前把他推下去對吧！

『已經被召喚出來的，是回不去的！』身後驀地傳來陰森的吼聲，『他能以各種姿態活下來的！』

咦？我連回頭都來不及，粗壯手臂直接扣住我的身體就往後拖，我大吼著向前，因爲老弟身後也出現了死神裝扮的傢伙，扯著他的頭髮拖離。

這群被殘殺的人，再度被控制般的影響了我們。

膜拜著的信眾跟著一擁而上，拉出了在血池裡的易偉，他們將他拖上的那刻，十字路口的血池正式閉鎖，變回了日常的路口。

易偉痛苦的趴在地上，不停的咳著水，我知道那是眞的，因爲惡魔正在適應這具身體，這時的他們依舊是具有兩個靈魂的。

我死命的掙扎也掙不開亡靈的箝制，與老弟相隔數公尺的對喊，都不及易偉一抬手，這些鬼魂卻一秒鬆手。

「居然……用這招！想在我融合之前殺了我！」易偉滿臉猙獰的怒吼著，「你以爲這樣容易能送走我嗎？我已經被召喚出來了，我是不可能輕易回去的！」

『就像劍出鞘一樣，輕易不會回去的。』

老闆的話言猶在耳，原來是這個意思，是啊，用一百條人命跟陣法才能召喚出來的魔物，豈是隨便就能送回去的？

易偉吃力的站了起來，手腳還不是很協調，他雙手一舉，整個遊樂園的亡靈又開始騷動起來……我看著他隨手抓過接近的幾個男女靈魂，輕易的就往嘴裡塞去，我甚至不知道靈體怎麼能眨眼間被揉成一團的，總之淒厲驚恐的慘叫聲中，才剛剛被殺掉的遊客靈魂們就這樣被他吃下去了。

我不敢問，被吃掉的靈魂……還有重生的希望嗎？

「沒有人、可以設計惡魔！」他忿怒的咆哮著，「讓我取消時光倒流，回到現在一百次也一樣，我、就、是、已、經、降、臨、了！」

對，我懂了。

當一百個靈魂沉下血池的那瞬間，什麼都已經決定了。

惡魔被召喚出來、遊樂園中數百名遊客的慘死、萬鬼攢動的肆虐、甚至是易偉的死去，他，就是注定要死在這裡，成爲惡魔的軀殼。

老媽說的，該死的就是會死，不能逆轉，這是永遠無法改變的事實。

「那就讓我成爲鞘吧……」我喃喃的說著，「把利劍收在我這裡。」

「什麼？」易偉擰眉，依舊怒不可遏，「我先吃了妳這個油嘴滑舌的弟弟吧！」

「我要跟你許願——」我抓出在口袋裡的字條，「讓我成為刀鞘，你只能在我體內存在！」

我鬆開手，便箋是剛剛他在樹下給我的，他希望我寫上「我要馮千靜的天賦」！老弟在夢中拆開了所有禮物，其中有個盒子裡，是馮千靜每次比賽時使用的長棍！

他想要我許的願不會成眞，因為我寫的是：「讓附在易偉身上的惡魔，只能寄宿在我身上，並且與我共生。」

寫上契約時就是合法了，紙條逆著風啪的來到易偉面前，他以手指夾住，不可思議的看著上頭的親筆字跡，我甚在末尾捺上我的血印。

「……不不！等等！老姐！」老弟終於明白我在做什麼了，「妳怎麼可以這樣！妳這樣就變成宿主了啊！」

「妳以為我會答應妳的條件嗎？這種願望我是犯了蠢我才會——」易偉趨前像是要衝來殺了我，但他卻瞬間動彈不得。

咦？易偉使勁的想挪動步伐，可舉步維艱。

「契約已經成立，你怎麼可以不認帳呢？這樣有點不太好吧！」黑暗中傳來熟悉的聲音，「只好讓我來做個見證人了！」

在濃霧中，走出了穿著一襲雪白燕尾服的男人，他還戴著白色的禮帽，一副紳士裝扮，但說眞的，跟這一地屍塊有夠格格不入。

易偉像被凍住般僵在原地，凶惡的瞪著我，他聽見聲音從他身後來時，眼神從忿怒、疑惑，到終於見到「百鬼夜行」的老闆時，我都可以感受到貫徹他汗毛的恐懼。

「不不不不……這不公平！爲什麼你……我是說您會在這裡？」易偉怒恐交加，但呈現出來的方式倒挺客氣的。

老闆逕直走向我，老弟也跟著衝過來，他張口欲言數次，但話就是梗在喉頭吐不出半個字，他是眞的不知道能說什麼，而且他也該知道，多說無益。

「唐恩羽！」末了，他只能怒極攻心的吼出我的名字。

「妳決定了嗎？」老闆沉穩的看著我，「這個決定是不能回頭的，而且，妳的男友也不會存在。」

我望向易偉，他也正看著我，那具身體裡現在還有著他的靈魂吧。

「易偉懂我的，該死的就是該死，無法違抗命運。」我做了個心碎的深呼吸，「這是目前唯一的方法。」

老闆點了點頭，「妳也要有所覺悟，與一個惡魔共生，不是那麼容易的事。」

我冷冷笑著，「我有的選擇嗎？」

「啊啊啊啊！」老弟抱著頭在旁邊怒吼長嘯，聰明如他，也想不到什麼好法子對吧？

「那就——」老闆拿著手裡的禮杖往地上敲了兩下，咚、咚。

一抹黑影驀地從易偉身體裡竄出，像把刀般瞬間劈開了易偉的身體，我不讓自己挪開視線，那是我愛了好幾年的男人，那是曾跟我一起規劃未來的男人，我們約定好二十八歲那年要結婚的，生兩個孩子……即使這一切都已經不可能了，但他還是我目前最愛的男人。

就算被劈開，我也要親眼看著他倒下。

那抹黑影竄出易偉的身體後，沒有任何停滯的直接朝我飛來，我什麼都看不清，只感到胸口一抹劇痛，像被什麼刺入般的疼！我真的是毫無防備的就倒下去了，無法忍受的慘叫出聲——好痛！太痛了！

「姐！」隱約的聽見老弟的叫聲，但我意識已經模糊不清。

「別上去，她需要點時間。」有個女人聲音從霧裡傳來，但我沒聽過。

趴在地上的我咬牙略抬起頭，看見一件誇張的歐式宮廷晚禮服，那拖地的裙襬還鑲著珍珠，正一路從所有的屍塊與內臟上頭拖過。

但是，一滴血都沒沾上。

「妳來啦，後續交給妳了。」老闆溫聲說著，溫柔度一秒加倍。

「你是弟弟對吧？既然選擇回到時間正軌，那之前你們度過的兩個月就沒發生過了！一切重新開始，回到十月三十一日。」女人的聲音有點低，但聽起來很厲害，「一口氣死這麼多人也很難辦，我會讓他們復活，然後在這兩個月內讓他們陸續死去。」

「什麼!?」老弟聽起來很錯愕。

「稍微拖一點時間，這沒辦法，還不是因爲你們人類喜歡胡亂召喚！一口氣死一整個遊樂園的人要怎麼處理？我只能利用這種方式了，和平最重要。」女人嘖了聲，「至於這個男孩……他只能是失蹤。」

這個男孩，指的是易偉吧？我正承受著體內千刀萬剮的痛，勉強跪坐起身，渾身不住的發顫，看著老弟腳邊那一團根本無法辨識的渣肉塊，我的男人。

「我瞭解。那麼之前向惡魔許願的人們呢？也都不做數了嗎？」

「嗯，他們是會活著，但靈魂會有殘缺。至於你——」女人打量了老弟一圈，「雖然你許了願，但惡魔想吃掉你的靈魂，只怕還得你姐同意。」

老弟回頭看了我一眼，滿滿擔憂，「那我眞怕，我老姐以後動不動就會吃掉我。」

「去……你……的。」我咬牙回應。

「其他事就順其自然吧！」女人對著空中喊著，「德古拉，等等你負責送他們回去！」

我們同時順著女人的眼神往上看，金髮的俊美男子不知何時就坐在路燈上方，從容的點點頭，眞是觀戲第一排啊！

老闆蹲下身，箝住我的肩頭，他的手像滾燙的鐵烙在我肩上，痛得我想掙扎卻無能爲力。

「妳果然很強大！但要記住，妳這輩子都不能有軟弱的時候，否則惡魔輕易會趁虛而入。」老闆一字一字交代著，「別被誘惑，別跟著墮落。」

我痛到虛脫，實在懶得回話，什麼叫這輩子都不能有軟弱的時候啊？有誰能一輩子堅強嗎？

「作弄人類也是爲了吃靈魂，我就幫妳上個封印啊！」老闆突然張開手指，直接往我胸口壓去，「妳絕對不能主動攻擊任何人與靈體！」

話音才落，我感受到身體的躁動盡數褪去，剛剛那刺痛與滾燙的感覺都消失得無影無蹤！我有氣無力的整個人癱坐在地，已被折磨得虛脫，老弟走了過來，拉起我的手一骨碌將我揹上。

他穩健的踩上一地的屍塊，揹著我堅定的朝向門口走去，哀鳴中的鬼魂開始一個接一個的消失，我還在迷茫中看見碎掉的屍體正在重組。

好聞的香味傳來，我們右手邊已有人相伴而行，「要我幫忙嗎？」

「沒關係，自己的老姐自己揹。」老弟將我再往上抬了點，我努力的圈住他的頸子。

「你要不要先從實招來？你爲什麼會有惡魔的契約書？」我沒忘記這件事，質問著老弟，「就那張便條紙。」

「早在上次去偉哥宿舍時，他就誘惑過我了，他還給我一隻襪子，說把願望寫上去放進襪子裡，增加儀式感，聖誕節那天要來我房間揭曉。」老弟疲憊的說著驚人事實，惡魔用拐的？

不，最過分的事——老弟居然沒告訴我？

「你不覺得你應該告訴我嗎？」

「妳不適合太複雜的事，而且當時我只覺得好笑，我沒當一回事，直到……」

漸漸發現易偉有問題才體認到吧！

算了！幸好老弟夠聰明，沒真的聽易偉的話……不過，我還真想知道他內心真正的願望是什麼咧！

我有氣無力的看著跟著我們的金髮男人漂亮的側顏問著，「玉舒呢？」

「吃掉了。」德古拉沒有隱瞞，「自動送上門的食物，沒有不吃的道理。」

老弟沒吭聲也沒做什麼反應，只顧著專心筆直的往前走。

「你什麼都不說，我覺得怪怪的……」我低聲在他耳邊說著，「不罵點什麼？」

「妳知不知道有第三條路？」

例如，什麼都不要管，不在意阿武跟粉圓的事，繼續假裝不知道易偉有問題，找個由頭分手，也不去阻止他行惡，就此分道揚鑣。

「你會選那條路嗎？」

老弟沒有回答，我知道，他也不會選，坐視不管不是我們的風格。

「好歹要讓我知道妳有這招，讓我許願才對。」老弟極度不爽的是這點。

「你撐不住的。」我笑了起來，「你腦子好反應快，體能上可贏不了我啊！別忘了，我好歹也是……」

「永遠的亞軍？」

「想死嗎？你知道我可以吃掉你靈魂喔！」

德古拉開車送我們回旅館後，連洗澡都沒氣力，帶著渾身腥臭的血一路睡到隔天傍晚才醒來；起來後第一時間查看新聞，除了鬼屋一樣失火外，什麼事都沒發生。

時間是十月三十一日，限定遊樂園突然關閉，鬼屋失火是小事，重點是林姓董事長祖孫三人宣告失蹤，警方都在尋找，當然失蹤的人也包括了我的男友，易偉。

被警方詢問時，我照實說我們先回飯店，因爲易偉要上班所以等他聯繫，只是他一直沒打來，我也有試著打電話給他，但都沒有回應，直到返家後他爸媽才打電話找我，我跟老弟也是口徑一致。

我們又重新度過了十一月，這一個月來並不好過，易偉的爸媽怪我沒有留意他的失蹤，老媽氣我們去那個限定鬼城遊樂園，冷戰這件事還眞的重來幾遍都一樣，我跟老弟努力的希望老媽原諒，畢竟我們已付出了極大的代價。

我去易偉的宿舍看過，看見有點痴傻的阿武跟胖胖的粉圓時，我瞬間就崩潰了，哭得亂七八糟，但他們都以爲我是因爲易偉的失蹤而難受，並不知道事情的原委。

易偉會成爲永遠協尋中的人，我拿走了這幾年來我送給他的禮物當作紀念，跟他正式告別。

十二月初，我跟老弟還是來到了「百鬼夜行」。

「我不餵他吃東西我會餓死嗎？」我坐在吧台上，好奇的問著老闆。

「不會，但是他會飢渴，會狂暴，妳也不會太好受。」他爲我們調了兩杯不同調酒，現在是白天，德古拉先生正在睡，「所以定時還是可以餵食。」

「我想也是！既然我們是具有靈力的人，我們打算利用這傢伙跟能力，做點不一樣的事。」老弟早盤算過了，「吃點敗類的靈魂ＯＫ吧？反正受到攻擊時他才能反擊，這個封印挺好的。」

我們討論過了，老弟嘴賤，可以由他來激怒對方，引對方向我攻擊後，我就能讓惡魔出鞘了。

「只要是靈體都行，善與惡是人類自己界定的。」老闆今天穿了普通襯衫加西裝褲，但看起來眞是舒爽多了，「你們自己要多加鍛練，有需要的話我們可以幫忙。」

「謝謝。」我點點頭，喝了一口酒，「我跟老弟的不一樣。」

「我是用靈魂顏色去調的，你們，一直都很不一樣。」

「我現在最後悔的是，爲什麼我們不等期末考後再把時光移回正軌！」老弟認認眞眞的懊悔，「這樣好歹期末考題……」

我不客氣的一個肘擊，囉嗦！

老闆笑著，聽見一旁樓梯聲響，女孩衝了下來。

「叔叔！」女孩原本要直接撲過來，一看見我們卻頓了一頓，「客人？」

老闆瞧見女孩時，臉部線條變得柔和，都化成水似的他伸出手，「來！」

女孩乖巧的跑上前，是上次那個哭得亂七八糟的可愛女生，「叔叔，我想去看芃姐姐。」

「問過雅姐了嗎？」

「她叫我來問你。」

芃姐姐，我跟老弟交換了神色，上次問老弟禮物拆開了沒那位嗎？

我跟老弟佯裝不在場似的喝著調酒，不想打擾他們的想快點離開。

「喝慢點，不急。」老闆背後長眼睛似的，開口抱著小女孩往裡頭走去，

「我有事處理，其他的事你們可以問拉彌亞。」

唰——一條蛇尾迅速捲一盤東西到我們兩個中間，我跟老弟嚇得從高腳椅上掉下時，才看見桌上多了一盤花生。

然後，皮鞋噠噠音從我們身後響起。

「吃完才可以走。」

又來！

平安夜，聖……又是耶誕夜，本該寧靜祥和的耶誕夜一連發生了多起命案，警方疲於奔命！這一兩個月他們的確是辛苦了，意外頻傳，而且重大災害居多，因爲正如「百鬼夜行」所言，在遊樂園裡死去的那些人，要在這兩個月內悉數死去。

我隻身去了那間美式餐廳，再度點了一樣的套餐，又看見帶著斧頭的聖誕老人，還有馮千靜他們；他們今晚照樣忙碌，實在有點難以想像，她會去參加什麼都次傳說社？她應該練習都不夠了吧？怎麼有空參加社團啊？下一場大賽再兩個月就要展開了耶！

唉，有才能的人眞的就是不一樣……噢，不，我羨慕但沒嫉妒。

「你不要想！」我喃喃自語著，「我想到就有點心涼，是不是易偉也覺得我很嫉妒馮千靜啊？實在是……」

我從來沒有覺得可惜，我也從來沒有想跟馮千靜爭第一，因爲格鬥對我來說是興趣，根本不是我想走的路！

就是一種平常你很喜歡跑步，跑一跑發現可以拿獎金，那就跑吧～這種概念，我怎麼可能會去嫉妒她，甚至要爲了奪她的天賦啊？鍛練很累的好嗎！我一上大學就退役了，這還不明顯嗎？

廣場的聖誕樹燒起來時，我跑出去看了，是馮千靜的朋友們，但我倒沒看見她，看起來聖誕老人相當難纏，那天惡魔說過他們不同掛，不過感覺還是挺危險的……我遲疑一會兒，決定先離開這區。

只是我到輕軌站時，還是不對勁。

我是從東出口上樓的，西出口那邊殺氣騰騰，還有著鬥毆聲，我盡可能保持低調的查看，隨便一眼就看見了那個揮著斧頭的聖誕老人……哇喔！眞是躲什麼來什麼啊！

我看著馮千靜跟她男友還是什麼的逃命閃躲，猶豫著要不要出手相助，月台空成這樣，是不是也是什麼結界？

「禮物已經送給你了！馮千靜的頭髮跟我的血……都送給您了。」

樓下傳來大吼聲，氣氛在一秒改變，接著我聽見了那低沉渾厚的笑聲，「嗬嗬，Merry Christmas！」

喲！我打了個寒顫，全身雞皮疙瘩。

伴隨著沉重的腳步聲，我看著聖誕老人的背影走上樓，出現在我二十公尺遠的地方，他彷彿知道我在那兒似的，回首看了我一眼，高舉的斧頭像是打招呼似的。

我沒回應，我們……沒有必要做朋友吧？

然後我看著馮千靜他們相互攙扶著出現，又看見空中眞的出現四頭麋鹿拉著的雪橇……天哪！我簡直不敢相信親眼所見，但我沒種拿手機出來拍，老弟今天沒跟我一起來實在太可惜了！貨眞價實的聖誕老人耶！

只是……都市傳說的聖誕老人果然不同凡響，連麋鹿都是沒有皮膚的特殊品種，四隻被剝皮的麋鹿穩當的站著，黏稠的體液滿佈，皮下就是肌肉束，只是肌肉也見不著紅，是黑色的。

聖誕老人將那盈滿血腥的大布袋擱上雪橇，還道聲「聖誕快樂」，就這麼駕著雪橇走了。

我半晌都不能呼吸，這眞的太驚人了！

接下來就是一片兵荒馬亂，馮千靜的朋友跑來，救護車也跟著抵達，然後，清晨第一班輕軌也終於要進站了。

「嘿！」我冷不防的走到擔架邊，把袋子扔上馮千靜的身體。

她嚇了一跳，不可思議的看向我，「……唐恩羽？」

「妳的聖誕節還眞別開生面啊！」我縮著頸子，誰讓月台上的風有夠大。

馮千靜狐疑的轉著眼珠子，她一定很難理解我爲什麼出現在那邊。

「不要管外面的傳言，我沒嫉妒過妳，我也不是贏不過妳才退役的。」我認眞的跟她說，「我是因爲不想一直花時間在格鬥場上才走的。」

馮千靜眨了眨眼，「呃，我知道啊！」

「妳知道？」

「妳沒有熱情啊！」她一副理所當然的樣子，「我又不瞎！」

哈……哈哈哈，我失聲笑了起來，好樣的，我職業場上的對手，果然比我男友還瞭解我啊！

「快去治療吧！今晚辛苦了。」我拍拍她的手，「聖誕快樂。」

「什、什麼……?」馮千靜果然丈二金剛摸不著頭腦，救護人員把他們往樓下送，她卻拿著紙袋回頭掙扎想問些什麼。

紙袋裡也沒什麼，只是我退役前最後一場比賽前，她曾說過喜歡我戴著的那條髮帶。

「放心，後面的我會處理!」我朝她揮手，「Merry Christmas。」

列車進站，我走了進去，懶洋洋的打了個呵欠。

聖誕老人嘛，壞孩子嘛，今晚鬧了這樣一齣，有人被剁了頭，也有人只是被削去了腳，但終歸是讓聖誕老人忙碌了一夜。

「不急，等我把事情弄清楚，都市傳說社都會更新他們遇到的都市傳說，」我自言自語說著，「而且我會拿到壞孩子名單的。」

到時，會想辦法開飯的。

「嘿，美女!」

一票醉醺醺的男人們突然站在我面前，離我這麼遠我都能聞到他們身上的酒味跟……毒品味道。

「剛狂歡完喔，要不要陪我們繼續玩?」

「你們最好離我遠一點!」我起身，平淡的說著，「難得的聖誕節，我想和和氣氣，平平——」

啪——我被一把推了回去，摔在了椅子上。

我闔上雙眼，因爲接下來，就是放飯時間了。

一口氣五個靈魂，好吧，「死惡魔，你也聖誕快樂。」

這或許是我這輩子，最糟糕的聖誕節了。

後記

【Div（另一種聲音）】

四個節日的故事，在這年尾的聖誕節，步入了尾聲。

在此眞心感謝筝菁大大的邀請與包容，以及編輯不厭其煩的校正。

我是一個喜歡看故事的人，每月看兩到三本書，一年會看到二十本書以上，而對一個喜歡閱讀的人而言，當自己可以提筆寫書，則是另外一種幸福。

這書系從「清明」，「中元」，「萬聖」到「聖誕」，時序剛好橫跨了一年，更讓我體驗了整整一年美好的幸福。（當然，寫作時該有的卡關、撞牆、抓頭髮想拖稿這些該有的情緒還是難免哈哈。）

但回過頭來看，這眞是一場好玩的寫作之旅。

眞心謝謝，每個讀過我作品的讀者朋友。

再此，謹代表，小龍、小嵐、樂姨、小龍爸爸、小叔公萬乘，以及老師，還有那些不小心死掉或是剛好活下來的人，祝大家聖誕快樂。

【星子】

直到現在我都很喜歡在睡前幻想一種情境：一票親戚孩子或是我與老婆率領一群會走路的玩偶，拿著驅魔法寶，前往陰森鬼屋或是廢棄校園裡探險或者救人。

我很喜歡那種「安全的體驗危險」的氛圍。

這種氛圍來自於過去眷村外婆家裡，夜晚關上燈之後，一群親戚孩子聚在一起睡不著覺胡言亂語，四周老舊陰暗，卻又不覺得害怕的氛圍。

後來我開始寫鬼怪故事，也時常想要把這種感覺呈現在故事裡，例如這次周家五口自家防衛戰。

只是故事終究不能像平時自娛幻想時開那麼強大的外掛，必須把周家五口面臨到的危險程度，再稍稍拉高一點就是了。

【龍雲】

大家好，我是龍雲，很高興在這裡跟大家見面。

對我來說，聖誕節是個哀傷的節日，因爲在這一天，我會特別思念一位親人。

他在我國中的時候離開，在那之後，聖誕節就不再有歡樂的氣氛。

記得曾經聽過這麼一個說法，就是平安夜、失身夜，對於很多人來說，不知道爲什麼這個節日是個非常浪漫，而且會讓人想要告白的日子。

或許，會出現這樣的短篇，就是自己對這個節日累積下來的不滿，而自然誕生出來的吧？

原始的想法，大概就是如果有一個聖誕老公公，會在聖誕節的這天，突然出現在這些正在浪漫的人身邊，以無頭的姿態來嚇死他們，應該挺有趣的。

不知道這樣有沒有辦法力挽狂瀾，讓平安夜洗刷這個失身夜的污名呢？

我想機會應該是很渺茫的，不過也算是一個不錯的嘗試吧。

當然，還是希望這次的作品，大家會喜歡，那麼我們下次見吧。

【答菁】

聖誕與萬聖離得近，故事也有點接續。如果有一天，你對聖誕老人許的願會成眞，你會不會許？

與羨慕者交換人生、與聰明者交換腦子、與貌美者交換容顏……許多人都會有羨慕嫉妒他人的時候，不過其實每個人都有自己生活的疲累與辛苦，我們不是對方，永遠不會明白那些看不見的苦楚，那些被你羨慕著的人們，說不定也正嚮往著你擁有的一切。

唐家姐弟在這一年四集的《詭軼紀事》中告一段落，這對姐弟我還挺喜歡的，我相信已經有不少人在百鬼夜行的《座敷童子》裡看見他們；看完這一集再回去看一次座敷童子，有些事可以連結得更清楚唷！

當然，連動的不只是百鬼夜行，大家明白的，嘿嘿。

2021對我來說是非常特別的一年，找到志同道合的作者大人們，合寫了短篇小說集，非常謝謝大家的支持！

最後，感謝購買本書的您，購書才是對作者最實質且直接的支持，沒有您們的購書，作者便無法繼續書寫，萬分感謝、銘感五內！謝謝！

更願2021台灣疫情快點過去，寰宇安寧。

國家圖書館出版品預行編目資料

詭軼紀事・肆：喪鐘平安夜/ Div（另一種聲音）、星子、龍雲、等菁著 .-- 初版 .-- 台北市：奇幻基地出版；家庭傳媒城邦分公司發行：2021.12（民110.12）
面： 公分 .--（境外之城：124）
ISBN 978-626-95339-1-6（平裝）

863.57 110018001

ISBN 978-626-95339-1-6
Printed in Taiwan.

※ 本故事內容純屬虛構，如有雷同，純屬巧合。

城邦讀書花園
www.cite.com.tw

境外之城 124

詭軼紀事・肆：喪鐘平安夜

作　　者／Div（另一種聲音）、星子、龍雲、等菁
企畫選書人／張世國
責任編輯／張世國

發 行 人／何飛鵬
總 編 輯／王雪莉
業務經理／李振東
行銷企劃／陳姿億
資深版權專員／許儀盈
版權行政暨數位業務專員／陳玉鈴
法律顧問／元禾法律事務所　王子文律師
出版／奇幻基地出版
城邦文化事業股份有限公司
台北市 104 民生東路二段 141 號 8 樓
電話：(02)25007008　傳眞：(02)25027676
網址：www.ffoundation.com.tw
e-mail：ffoundation@cite.com.tw
發行／英屬蓋曼群島商家庭傳媒股份有限公司城邦分公司
台北市 104 民生東路二段 141 號11 樓
書虫客服服務專線：(02)25007718・(02)25007719
24 小時傳眞服務：(02)25170999・(02)25001991
服務時間：週一至週五09:30-12:00・13:30-17:00
郵撥帳號：19863813　戶名：書虫股份有限公司
讀者服務信箱 E-mail：service@readingclub.com.tw
歡迎光臨城邦讀書花園 網址：www.cite.com.tw
香港發行所／城邦（香港）出版集團有限公司
香港灣仔駱克道 193 號東超商業中心 1 樓
電話：(852) 2508-6231 傳眞：(852) 2578-9337
馬新發行所／城邦（馬新）出版集團
【Cite(M)Sdn. Bhd.(458372U)】
11, Jalan 30D/146, Desa Tasik,
Sungai Besi, 57000 Kuala Lumpur, Malaysia.
電話：(603) 90578822　傳眞：(603) 90576622

封面版型設計／邱哥工作室
排　　版／極翔企業有限公司
印　　刷／高典印刷有限公司
■2021 年（民 110）12 月 2 日初版一刷

售價／340元

廣　告　回　函
北區郵政管理登記證
台北廣字第000791號
郵資已付，免貼郵票

104台北市民生東路二段141號11樓

英屬蓋曼群島商家庭傳媒股份有限公司城邦分公司 收

請沿虛線對摺，謝謝

奇幻基地

每個人都有一本奇幻文學的啓蒙書

奇幻基地官網：http://www.ffoundation.com.tw
奇幻基地粉絲團：http://www.facebook.com/ffoundation

書號：**1HO124**　　書名：詭軼紀事．肆：喪鐘平安夜